BRAUT BIS ZUR GRENZE

EINE DUNKLE MAFIA-ROMANZE (NIE ERWISCHT 3)

JESSICA F.

INHALT

Zusammenfassung v
Inhaltsangabe vii

Prolog 1
Kapitel 1 15
Kapitel 2 22
Kapitel 3 34
Kapitel 4 44
Kapitel 5 50
Kapitel 6 61
Unterbrechung 69
Kapitel 7 75
Kapitel 8 84
Kapitel 9 89
Kapitel 10 95
Kapitel 11 104
Kapitel 12 114
Kapitel 13 120
Kapitel 14 125
Epilog 129

Veröffentlicht in Deutschland:

Von: Jessica F.

© Copyright 2020

ISBN: 978-1-64808-453-9

ALLE RECHTE VORBEHALTEN. Kein Teil dieser Publikation darf ohne der ausdrücklichen schriftlichen, datierten und unterzeichneten Genehmigung des Autors in irgendeiner Form, elektronisch oder mechanisch, einschließlich Fotokopien, Aufzeichnungen oder durch Informationsspeicherungen oder Wiederherstellungssysteme reproduziert oder übertragen werden. storage or retrieval system without express written, dated and signed permission from the author

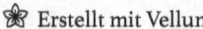 Erstellt mit Vellum

ZUSAMMENFASSUNG

Eine misshandelte Frau und ihre Tochter werden aus ihrer fürchterlichen Situation befreit, als ein Attentäter ihren Monster-Ehemann umbringt. Aber jetzt muss der Attentäter über die Grenze kommen — und er benutzt die Frau und ihre Tochter als Tarnung. Es ist ein Wettlauf gegen die Zeit für die seltsame Neufamilie, während sie versuchen, nach Mexiko zu kommen, bevor die Behörden sie erwischen. Währenddessen hat die Tatsache, dass sie die Frau des Mörders spielt, eine sehr reale Leidenschaft zwischen ihnen entfacht ...

INHALTSANGABE

Mein Boss hat mich geschickt, um einen Buchhalter zu beseitigen, der Geld abgezweigt hat.
Er hat vergessen zu erwähnen, dass da ein Kind ist.
Und dass die Frau eine Wucht ist.
Ich werde sie nicht ebenfalls verschwinden lassen.
Deshalb muss ich ohne Verstärkung über die Grenze kommen.
Sie suchen nach einem einzelnen Mann.
Nicht nach einem Mann mit Frau und kleiner Tochter.
Die beiden sind jetzt mein Ticket über die Grenze.
Die Familie ist falsch ... aber die Anziehung zu meiner neuen ‚Ehefrau' nicht.

PROLOG

Carolyn

DATUM: 2. Februar 2019
 Standort: Las Vegas, Nevada
 Zielperson: Brian Stone
 Vorstrafenregister: Jugendakten versiegelt. Bekannter Mitarbeiter und mutmaßlicher Agent für die in Las Vegas basierte Cohen-Verbrecherfamilie. Tatverdächtig in den Morden von fünf Männern mit Verbindung zu der in Los Angeles basierten Dragna/Milano-Verbrecherfamilie während ihres Übernahmekriegs gegen die Cohen-Familie zwischen Juni und September 2017. Tatverdächtig in drei zusätzlichen Morden: örtlicher Metamphetamin-Dealer Kellan Keating in 2015, in Verbindung mit der Cohen-Familie stehender Casinobesitzer David Lutz im November 2017 und bekannter russischer Mafia-Durchstrecker Vladimir Rostov im Mai 2018.
 Verdächtiger ist ein ehemaliger Navy SEAL, der unehrenhaft

entlassen wurde, als er Verdächtiger bei Keatings Tod wurde. Außer durch Hörensagen gab es nie eine Verbindung zu den Morden; es gibt keine direkten Zeugen oder Beweise.

Informanten in der Gegend deuten an, dass er vor kurzem nach ausgedehnter Abwesenheit in die Vereinigten Staaten zurückgekehrt ist und erneut in Las Vegas lebt und vermutlich für die Cohens arbeitet.

STONE HAT Kontakte in seiner alten Truppe in Baja California, die ihm immer noch ergeben sind. Es wird vermutet, dass er die letzten acht Monate in dieser Gegend verbracht hat. Seine Aktivitäten in dieser Zeit sind unbekannt. Seine Rückkehr in die Gegend deutet wahrscheinlich darauf hin, dass die Cohens ihn aufgesucht haben, um ein weiteres Ziel zu beseitigen.

„ALSO, wer ist der Glückspilz?" *Bei meinem letzten Verdächtigen wusste ich wenigstens, wer sein Ziel war. Jetzt muss ich den Cops in Las Vegas Honig ums Maul schmieren, um Hilfe dabei zu bekommen, neue Morde zu überprüfen und hoffen, dass manche von ihnen nicht unter dem Einfluss der Mafia stehen.*

Ich sehe mir die Akte an, die mir über Stone geschickt wurde und schüttle den Kopf. Und noch ein weiterer lächerlich heißer, lächerlich schwer zu erwischender Krimineller, genau wie die letzten beiden. Die hatte ich tatsächlich erwischt — nur um sie aufgrund einer Mischung aus Mitgefühl und der Chance, noch größere Kriminelle zu erwischen, laufen zu lassen.

Beim Letzten war es sehr gut gelaufen. Anstatt eines Mafia-Auftragskillers, gegen den die Beweislage dünn war, bekam ich sieben Mafia-Auftragskiller mit umfangreichen Akten. Jetzt war ich hier in der Zentrale momentan angesagt — jedenfalls für die zwei Sekunden, die ich in meinem Home-Office verbringen konnte.

Jetzt starre ich Brians Foto an und runzle die Stirn. Der Kerl sieht aus wie ein blonder Clark Kent. Groß, kräftig, ehrliches Gesicht, kantiger Kiefer, selbstsichere dunkelblaue Augen, die beständig in die Kamera starren. Sein Haar ist kurz und stachelig und hat die Farbe von Weizen. Er ist ein Meter neunzig groß, gut gebaut und zeigt ein Filmstarlächeln. Eines der Observationsfotos ist in voller Größe, mein Blick richtet sich auf die harte Wölbung seines muskulösen Hinterns in abgetragenen Jeans. Ich rolle mit den Augen, als ich mich dabei erwische.

Ugh. Ich muss flachgelegt werden, und zwar bald. Entweder foltert Daniels Liste mich absichtlich mit den heißesten Männern, die ich je gesehen habe, oder mein Verlangen lässt jeden Mann besser aussehen, der mir unter die Augen kommt. Ich kann die fünfte Akte gar nicht erst öffnen, ansonsten starre ich am Ende erneut auf das Foto meiner letzten Zielperson, anstatt zu arbeiten.

Und ich bin immer noch hier, um zu arbeiten. *Komm schon, Carolyn.*

Ich stoße mich von meinem Tisch ab und reibe mir den Nasenrücken. Nach dem Nachtflug nach Vegas und den schmerzenden Augen durch das Tippen von Berichten hämmert mein Kopf.

Ich gehe zum Fenster meines Hotelzimmers im fünften Stock und starre hinaus in eine nasse Nacht, die mit Neonlichtern blinkt. Mein blasses Spiegelbild ist nur ein Umriss, bis auf meine Bluse und meinen platinblonden Zopf. Ich sehe nach draußen und richte meine müden Augen bewusst auf Dinge in der Ferne, um ihnen Ruhe zu gönnen.

Tief unten strotzen die Straßen um vier Uhr morgens immer noch vor Leuten. Das Rumpeln der Stadt auf der anderen Seite des Glases ist unerbittlich. Ich muss zum Schlafen vielleicht

Ohrstöpsel tragen; nach Wochen in winzigen Städten in New York und Massachusetts habe ich mich zu sehr an die Ruhe gewöhnt.

Wenigstens habe ich endlich den Schnee und die Kälte hinter mir gelassen. Draußen sind es milde fünfzehn Grad, selbst im Regen des frühen Morgens. Vor weniger als zwei Wochen habe ich einen Schneesturm in den Berkshires ausgesessen und mein letztes Wochenende in New York verbracht, zusammengekauert neben meiner Heizung, während ein unglaublich kalter Wind durch die Straßen heulte. Hieran könnte ich mich jedoch gewöhnen.

Und das ist nicht einmal das Ende der guten Neuigkeiten.

Assistant Director Daniels, mein Arschloch-Chef, lässt mich für ein paar Tage in Ruhe. Ich kenne nicht all die Details, aber anscheinend bin ich nicht die Einzige, der dieser Idiot hinterhergestiegen ist, während seine Frau gegen den Brustkrebs ankämpft. Jemand hat Aufnahmen einer Überwachungskamera an die E-Mail-Adresse unseres Sektionsleiters geschickt, die zeigen, wie Daniels seine Sekretärin belästigt, und jetzt muss er sich vielen Fragen stellen.

Ich wünschte fast, ich wäre da, um ihm beim Zappeln zuzusehen.

Daniels kann wenigstens nicht mir die Schuld für seine momentane Zwangslage geben. Ich war nicht einmal in der Stadt. Er lässt mich jetzt schon seit Wochen an der Ostküste und in Kanada herumrennen. Ich habe gerade genug Zeit in meiner Wohnung gehabt, um die Klamotten in meinem Koffer zu wechseln. Aber ich beginne mich zu fragen, ob ich weiß, wer dafür verantwortlich ist.

Prometheus.

Während der Untersuchung von Daniels Liste noch flüchtiger Verdächtiger einen wohlwollenden Hacker-Verbündeten zu bekommen. Von dem Moment an, in dem die Liste der fünf

Kriminellen in meinem Postfach landete, begann ich Nachrichten zu bekommen.

Nachrichten von Wegwerfhandys. E-Mails von nicht zurückverfolgbaren Konten. Selbst eine richtige Nachricht während meiner letzten Observierung, elegant geschrieben und abgeliefert mit einem Drink und einem Nachtisch.

Wer auch immer er ist, er weiß fürchterlich viel über diese Fälle und über mich und meine Reisen. Manchmal mache ich mir über seine Zugriffsrechte Sorgen ... nur, dass er nie etwas anderes als hilfsbereit war. Er hat mit seinen Warnungen vielleicht ein paar Leben gerettet—möglicherweise sogar meins.

Jetzt frage ich mich wirklich, ob er meine einzige Chance ist, Brian Stone rechtzeitig aufzuspüren. In einer schwer von der Mafia kontrollierten Stadt zu viel herumzuschnüffeln — eine Stadt, die die Cohens gegründet haben, Herrgott noch mal — und ich werde allerhand Probleme anziehen. Ich bin eine einzelne FBI-Agentin, die Außenstelle hier hat in Sachen Verstärkung nicht viel zu bieten, und mein Boss ist ... beschäftigt.

Ich bin erschöpft, aber verleitet, in diesem Platzregen einen Spaziergang zu machen. Ein billiges Casino-Steak essen, einen Brandy trinken und dann mit vollem Bauch schlafen gehen, nachdem ich mir die Beine vertreten habe. Es ist zu spät, als dass irgendjemand mich zurückruft. Obwohl Prometheus nicht zu schlafen scheint, also ist er eine Ausnahme.

Ironisch, dass ein weiteres Mal der gesetzlose Hacker zuverlässiger ist als das FBI.

Okay. Eine schnelle E-Mail, und dann gehe ich los, um ein nettes Stück Kuh zu essen und den warmen Regen auf meinem Gesicht zu spüren.

Ich setze mich wieder an meinen Tisch und kontrolliere meinen Posteingang — dann sitze ich blinzelnd da. Von dem anonymen Account, den er benutzt, wurde mir bereits eine Nachricht geschickt.

WIE WAR IHR FLUG? Zu schade, dass das Wetter in Las Vegas momentan so trostlos ist. Ich habe Ihnen übrigens ein Geschenk an der Rezeption hinterlassen. Ich hoffe, dass es Ihnen gefällt.

NA, scheiße. Ich habe mehr als einmal verlangt zu wissen, wie er das tut, aber er sagt mir einfach, dass ein Zauberer nie seine Geheimnisse verrät. Äußerst ärgerlich ... und doch ist er manchmal der Einzige, der wirklich auf meiner Seite zu stehen scheint. Ich tippe eine Antwort, während ich mich frage, wie mein Leben beim FBI so schnell so merkwürdig geworden ist.

DANKE. Mein Flug war ereignislos. Ich muss Sie nach Brian Stone fragen, angeblicher Auftragskiller für die Cohens in Las Vegas. Ich bin nicht sicher, warum Sie mich so genau beobachten.

EINE MINUTE später kommt die Antwort.

BRIAN STONE MÖCHTE aus dem Geschäft aussteigen. Wir haben ein paar gemeinsame Partner und dieses Gerücht folgt ihm seit mindestens einem halben Jahr. Ich bin mir sicher, dass er die Staaten vorübergehend verlassen hat, um sich für eine dauerhafte Flucht ins Ausland vorzubereiten.

. . .

„OKAY, na ja, das ist etwas, aber ich bin nicht sicher, wie ich das nutzen soll." Jedenfalls noch nicht sicher. Und doch ... das Thema kommt mir sehr bekannt vor.

Die ersten beiden Männer auf Daniels Liste wollten ebenfalls Hilfe, um von Verbrecherfamilien wegzukommen. Der Erste hat den ersten Nicht-Genueser als Don in New York seit Jahrzehnten verärgert. Der andere war es leid, für die Sechste Familie in Montreal zu arbeiten. Jetzt möchte Brian weg von den Cohens.

Daniels hat mir gesagt, dass die Dinge, die diese fünf Männer gemeinsam haben, ihre umfangreichen Nichtstrafregister sind: Verbrechen, in die sie verwickelt waren, für die sie wegen des Mangels an wertbaren Beweisen aber nicht festgenommen werden konnten. In jedem Fall hat er mich angewiesen, sie aufzuspüren und zur Befragung herzubringen, in der Hoffnung, dass sie entweder nachgeben oder ...

Oder was? Ich habe seine Beweggründe nicht ernsthaft hinterfragt, mir diese lauwarmen Fälle mit geringem Aufklärungspotential zuzuweisen. Ich tippe hastig meine Antwort.

WISSEN SIE, wer sein neues Ziel für die Cohens ist? Das, für das er in die Staaten zurückgekehrt ist, meine ich.

EINE WEITERE PAUSE, diesmal kürzer.

EINEN MOMENT.

ICH MUSS DARUM KÄMPFEN, nicht mit den Zähnen zu knirschen. Mein Verstand rast.

Bisher haben drei von drei der Verdächtigen versucht, schlechten Situationen in Verbindung mit der Mafia zu entkommen. Der Erste war vielleicht aus Versehen, aber selbst er hatte am Ende mit jemandem zu tun, der vor der Mafia geflohen ist. Nicht, dass Daniels das hätte erwarten können ... es sei denn, er weiß etwas, das ich nicht weiß.

Was wahrscheinlich ist. Agents werden andauernd mit Absicht von Vorgesetzten ausgenutzt, und ich bin neu im Vergleich zu allen anderen in meinem Büro. Und Daniels ist bewiesenermaßen ein Stück Scheiße, das Frauen hasst, die nicht mit ihm schlafen wollen. Also wofür benutzt er mich?

Ich habe eine Liste von Kriminellen, die keine Kriminellen mehr sein wollen und die Verbindungen zu oder dreckige Informationen über gefährliche, sehr begehrte Verbrecherfamilien haben. Hofft er, dass all diese Männer als Kronzeugen auftreten werden und dass er dann den Ruhm für die Verhaftungen einheimsen kann, bei denen sie uns helfen?

Mein Laptop meldet sich erneut. Ich öffne die E-Mail.

WEGEN DES MANGELS an momentanen Konflikten zwischen den Cohens und anderen Verbrecherfamilien, vermute ich eine innere Angelegenheit. Es gibt sechs Individuen, von denen ich weiß, die momentan für die Cohens arbeiten und die nicht länger einen guten Stand bei ihnen haben. Ich werde Ihnen ihre Informationen heute Morgen zukommen lassen.

ERLEICHTERUNG DURCHFÄHRT MICH. Ich weiß nicht, wie ich bei diesen Fällen ohne diesen Kerl weitermachen sollte. Aber es wirft in mir immer noch die Frage auf, warum zur Hölle er mir überhaupt hilft.

Ich werde von einem Assistant Director des FBIs beschissen und ausgenutzt und bekomme Hilfe von einem Gesetzlosen. Ich treffe immer wieder auf Kriminelle, die verständnisvoller sind als manche meiner Kollegen. Was zur Hölle geht vor sich?

Ich habe immer nach harten Prinzipien gelebt. Ich habe sie immer genutzt und meinen Antrieb, die Welt zu einem besseren Ort zu machen, als meine Quelle der Hoffnung. Sie haben mich durch Quantico gebracht. Ich weiß nicht, ob sie mich durch das hier bringen werden.

Ich will ihm gerade danken, als er noch etwas schickt. Ich erstarre, während ich es lese, mein Herz klopft in meinen Ohren.

WENN ES DARUM GEHT, warum ich Sie kontaktiert habe, dann reduzieren sich die Antworten auf eine Sache: Sie interessieren mich. Und was die momentan sehr genaue Aufmerksamkeit angeht, die Situation ist dringlicher als normal. Ich befürchte, dass Sie mehr Hilfe brauchen, als Sie sich bewusst sind.

Ich bin zu der Überzeugung gekommen, dass Ihr Vorgesetzter Ihnen absichtlich einen Metzgersgang mit ausweglosen Fällen zugewiesen hat, um Sie zum Aufgeben zu bringen. Jetzt, wo die Situation eskaliert ist, beabsichtigt er vielleicht, Sie in Gefahr zu bringen. Haben Sie in letzter Zeit von ihm gehört?

EIN VERDACHT, der an mir genagt hat, vergräbt sich tiefer in meinem Kopf, während ich meine Antwort tippe. *Er ist ein Hacker. Die Gebäudesicherheit in meinem Büro ist online zugänglich. Er hätte sich in unser System hacken können.* Ich bin mir nicht sicher, ob ich mehr getröstet oder besorgt bin.

• • •

DANIELS STECKT IN SCHWIERIGKEITEN. Dann waren Sie das? Die Aufnahmen, die an seinen Vorgesetzten geschickt wurden?

ICH WARTE GANZE fünf Minuten auf seine Antwort, trinke Hotelzimmerkaffee und gehe auf und ab, während ich auf das Geräusch meines Laptops lausche, das mir sagt, dass seine Antwort gekommen ist. Als sie kommt, weiß ich nicht, ob ich mich deshalb besser oder schlechter fühlen soll.

ER MUSS für ein paar Tage beschäftigt werden, während Sie im Cohen-Revier sind. Mein Einfluss dort ist begrenzt. Wie ich bereits erwähnt habe, habe ich Beweise, dass er seinen Rachefeldzug gegen Sie ausweiten wollte.
  Ich werde Ihnen mehr Details geben, sobald ich genug habe, damit Sie reagieren können. Es würde helfen, wenn Sie mir den Grund für seine seltsame Rache nennen.

ICH LACHE TRAURIG, während ich meine Antwort tippe. Es ist ausgeschlossen zu wissen, wie viel dessen, was er mir erzählt, Mist ist, aber er hat bisher nichts als zuverlässige Hinweise bereitgestellt. Daniels schien es schon immer auf mich abgesehen zu haben — ich wusste bisher nur nicht, dass es so weit über die Büropolitik hinausging.

ICH BIN ÜBERRASCHT, dass Sie es nicht bereits wissen. Dasselbe wie mit der Sekretärin und einem Haufen anderer Frauen. Seine Frau hat Brustkrebs und er hat entschieden, dass

Frauen, die unter ihm arbeiten, in Sachen Sex für sie einspringen sollten. Ich hoffe, dass sie ihn deshalb verlässt.

DIESMAL IST die Stille zwischen den Antworten noch länger. Ich gehe zurück ans Fenster, gähne und warte darauf, dass all das Koffein und der Zucker aus dem Kaffee in mein Blut übergehen. Als mein Laptop piepst, überrascht mich die einzeilige Antwort.

UND ER HAT es Ihnen auch angetan? Weiß es seine Frau?

ER SCHEINT BEINAHE WÜTEND zu sein. Warum schert sich dieser Fremde so um mich?
Ich schließe die Augen und versuche, in meinem Kopf ein Bild von Prometheus zu bilden. Brillant, tief interessiert an Gerechtigkeit, absolut desinteressiert an dem, was legal ist ... und irgendwie, aus irgendeinem Grund, interessiert an mir.

WAS WERDEN SIE TUN, Prometheus?

SEINE ANTWORT IST KNAPP.

BEANTWORTEN SIE FREUNDLICHERWEISE DIE FRAGE.

ICH ATME TIEF EIN. Ich stehe an der Kante einer Klippe: Ein Schritt nach vorne wird mein Leben für immer verändern. Sicherlich wird es Daniels Leben verändern, denn ich bin mir sicher, dass Prometheus auf das reagieren wird, was auch immer ich ihm sage.

Wenn sie die Scheidung noch nicht eingereicht hat, dann nein. Sie hat keine Ahnung.

Ich glaube, ich brauche jetzt etwas Stärkeres als Kaffee. Es fühlt sich an, als hätte ich soeben bei Daniels den Abzug gedrückt. Aber selbst wenn die Hälfte dessen stimmt, was Prometheus sagt — zum Teufel, selbst wenn alles eine Lüge ist — dann verdient Daniels den Zorn seiner Frau und Schlimmeres.

Dann ist es Zeit, das zu ändern. Danke für Ihre Zusammenarbeit. Sie werden schnell feststellen, dass Assistant Director Daniels ersetzt oder zumindest verwarnt wird. Vom FBI, meine ich. Seine Frau wird ihn vielleicht umbringen.
Genießen Sie Ihr Geschenk, Carolyn.

„Danke", murmle ich und schließe mein Laptop. Ich weiß bereits, dass er heute Nacht nicht mehr antworten wird. Und ich bin neugierig wegen dieses Geschenks, das er mir dagelassen hat. Ich werde vermutlich mehrere Stunden warten, um seine Liste mit Brian Stones möglichen Zielpersonen zu bekommen, also ist es kein Problem, die Arbeit Arbeit sein zu lassen, um mir ein wenig Zeit für mich zu nehmen.

Aber die ganze Zeit, während ich meine Winterklamotten ausziehe und Jeans und eine Windjacke anziehe, denke ich an drei Männer: Derek Daniels, Prometheus und Brian Stone. Was auch immer Stones Gründe dafür sind, die Mafia verlassen zu wollen, ich bin bereit zu wetten, dass er wertvolle Hinweise im Austausch für Hilfe bei der Flucht haben wird.

Wenn Daniels denkt, dass er derjenige ist, der den Ruhm für diese Hinweise bekommt, dann wird er große Augen machen. Und wenn er denkt, er kann mir eine Falle stellen ... dann wird er noch größere Augen machen.

1

Brian

„Ich kann nicht glauben, dass du eine verdammte Insel gekauft hast, Mann!" Jamies fröhliche Stimme über die Freisprechanlage hat ein leichtes Kratzen, Er hat wieder hinter dem Rücken seiner Frau Zigarren geraucht. „Was wirst du damit anfangen? Am Strand abhängen und an deiner Bräune arbeiten?"

„Sonnenbrand, Jamie. Ich bin blond." Er lacht und ich schmunzle, während ich meinen gestohlenen Van durch eine tiefe Regenpfütze lenke. Wasser spritzt zu beiden Seiten meiner Fenster hoch und kracht dann hinter mir wieder zu Boden. „Verdammt, diese Straße ist beschissen."

„Wo zur Hölle bist du überhaupt? Es muss dort drüben vier Uhr morgens sein!"

„Ich mache Besorgungen, Mann. Mein Haus war acht Monate lang verschlossen. Nichts im Kühlschrank."

Meine To-Do-Liste für heute Nacht: in den Südosten von Las Vegas fahren. Einen Buchhalter umbringen, der den Boss um zehn Millionen betrogen hat. Milch kaufen.

„Ich verstehe. Also können wir über das Wochenende dein Boot leihen?" Er klingt so begierig wie ein Kind. Jamie liebt Angeln: Forellen, Speerfisch, Thunfisch—was auch immer er fangen und grillen kann.

„Sieh mal, wenn du auf mein Boot aufpasst und es vollgetankt und bereit ist, wenn ich zurückkomme, dann kannst du es so viel benutzen, wie du willst. Ernsthaft."

Ich halte meine Stimme zwanglos, während ich die Nebenstraße Naturschutzparkes östlich von South Summerlin hinauffahre. Das ausgedehnte Zuhause meiner Zielperson besitzt sechs Schlafzimmer und liegt am Naturschutzpark, was mir einen niedrigen, mit Gestrüpp gespickten Hügel bietet, der seinen umzäunten Garten überblickt. Der perfekte Ort für mich ... wenn dieser verdammte Regen nachlässt.

Ansonsten werde ich auf das Gelände gehen und mich aus der Nähe darum kümmern müssen. Ich hoffe nicht. Aber ich werde durchnässt werden, egal was ich tue.

„Der Regen hier wird schlimmer, Bruder. Ich muss auflegen." Ich muss mich darauf konzentrieren, den verdammten Job zu erledigen. Jamie kennt nicht all die Details darüber, was ich tue, und das ist auch besser so. Wir sind beide Söldner, aber ich bin bei einer Verbrecherfamilie, die ihre Privatsphäre mag.

Das Letzte, was ich will, ist meinen Kumpel bei ihnen in Schwierigkeiten zu bringen.

„In Ordnung. Aber genug damit, in diesem Chaos Besorgungen zu machen. Geh nach Hause und schlaf, verdammt nochmal!" Jamie legt auf; ich schalte den Lautsprecher aus und richte all meine Aufmerksamkeit auf die dunkle Straße vor mir.

Das ist der letzte Job. Zieh es einfach durch und gönn dir diesen letzten Zahltag. Dann kannst du dich davon zurückziehen, Witwen zu machen, um dorthin zu gehen, wo die Cohens dich nicht erreichen können und wo Jamie dich immer besuchen kann.

Jamie Chang wurde nicht wie ich bei den SEALs rausgeschmissen. Er hat eine Kugel in einer irakischen Operation abbekommen und seine ehrenhafte Entlassung erhalten. Alles, was es ihn gekostet hat, war ein Hinken, das mit jedem Jahr besser wird.

Er lebt mit der Familie seiner Frau unten in Baja — unter der Woche repariert er Boote und läuft an den Wochenenden mit ihnen aus. Jamie ist ein guter Mensch: loyaler Freund, liebt seine Familie, freundlich zu seinen Nachbarn. Sein Leben ist unkompliziert und nett, abgesehen von gelegentlich engen Finanzen, einem schlechten Tag beim Angeln oder einem kranken Kind.

Meins? Nicht so sehr. Am Ende kann ich allerdings niemandem außer mir die Schuld dafür geben. Mir, Peck und einem Angebot, das ich nicht ablehnen konnte.

Ich werde diesen Auftrag ausführen, dem Boss den Beweis schicken, mein Geld einsammeln und das gottverdammte Land verlassen. Und dann werde ich nichts mit meinem Leben tun, was ich vor meinem besten Freund verbergen muss.

Er weiß von dem Meth-Dealer, den ich erschossen habe, und er weiß warum. Er weiß nicht, dass die Cohens kamen und anboten, die Mordanklage verschwinden zu lassen, wenn ich für sie arbeitete. Es war das oder Gefängnis; ich nahm ihr Angebot an und frage mich manchmal, ob ich den anderen Weg hätte einschlagen sollen.

Aber das Gefängnis hätte auch einen Mörder aus mir gemacht, nur um zu überleben, und so war ich wenigstens frei und wurde bezahlt. Aber nach zehn Jahren ... das ist es einfach nicht mehr wert. Obwohl keine der Leute, zu denen ich geschickt werde, unschuldig sind, sind es ihre Familien, und sie verlieren am Ende einen geliebten Menschen.

Außerdem ist es manchmal gefährlich. Dieser Kerl Rostov ... der halbe Grund meines ausgedehnten Urlaubs war, dass ich mich von all den Messernarben erholen musste, die er auf mir hinterlassen hatte. Dieser verrückte Bastard hat sechs Kugeln im Torso abbekommen und brauchte trotzdem ein Messer durch die Kehle, bevor er aufhörte zu versuchen, mich umzubringen.

Aber es war er oder ich — oder was noch wichtiger ist, ich und die dreizehnjährige Enkelin des Dons. Denn die Russen wollten dem alten Mann das Herz brechen, bevor Rostov ihn umbrachte. Aber es war verdammt ausgeschlossen, dass dieses Kind — oder irgendein Kind — unter meinen Augen starb.

Ich mag vielleicht der einzige Kerl sein, der *wegen* seiner Prinzipien und nicht aus Mangel daran dazu gekommen ist, Mafia-Auftragskiller zu sein. Bei diesem Mal hätte es mich beinahe umgebracht.

Und der alte Mann hat mir nach all dem kaum ein Dankeschön ausgesprochen. Die Eltern des Kindes überhäuften mich mit Geld, von dem der Don nichts weiß, aber wie üblich hat dieses Arschloch es nur als meinen Job gesehen. Was Teil dessen ist, weshalb ich mich jetzt auf ein geheimes Inselparadies weit außerhalb der amerikanischen Grenze zurückziehen kann — und werde.

Geld ist bemerkenswert gut darin, Probleme zu lösen.

Donner grollt in der Ferne und der Wind bläst den Regen seitlich an meine Fenster. Ich wäre bei diesem Wetter nicht einmal draußen, wenn der Don nicht befohlen hätte, dass der Job heute Nacht erledigt wird. Im Regen zu schießen ist nicht einfach, und während eines Gewitters an einem nackten Abhang zu sein, ist nicht clever.

Umso mehr Gründe, aus denen ich darauf erpicht bin, verdammt nochmal diesen Job hinter mich zu bringen.

Ich schaffe es zum richtigen Punkt und parke, dann warte ich darauf, dass der Regen nicht mehr in Strömen fällt. Ich kann deutlich den Garten des Geländes mit seinem Pool und Jacuzzi sehen, einschließlich einer perfekten Sichtlinie zu ihrer Hintertür, aber das hilft mir nicht viel. In diesem Wetter wird Tobi Whitman vermutlich nicht nach draußen kommen, wo ich ihn schnell und sauber erschießen kann.

Entweder gehe ich rein ... oder ich locke seinen Arsch nach draußen und jage ihm so eine Kugel rein.

Das Problem dabei, hineinzugehen, ist, dass er ein verheirateter Mann ist. Ich mag Kollateralschäden nicht und ich weiß, dass der ‚keine Zeugen'-Grundsatz der Cohens zu einer toten, völlig unschuldigen Frau führen wird, wenn sie zu Hause ist. Ich werde stattdessen clever sein müssen.

Meine Tarnung, die sich auf den Van des Elektrizitätsversorgers ausweitet, der mir bereitgestellt wurde, ist ein Versorgungsmitarbeiter, der sich um nächtliche Stromausfälle kümmert. Wasserdichter Overall, Werkzeugkasten mit einer schallgedämpften Kaliber Fünfundvierzig darin. Eine Kappe, um mein Haar zu bedecken.

In einem solchen Sturm sind Vans des Elektrizitätsversorgers allgegenwärtig. Niemand bemerkt sie — oder erinnert sich an sie, wenn sie es tun.

Ich wünschte, ich hätte eine volle Tarnung annehmen können, aber außer des Veränderns von Haar- und Augenfarbe und anderer Klamotten, macht das nicht viel Sinn. Ich bin als Lügner nicht gut genug, um mir spontan eine falsche Identität einfallen zu lassen, falls mich jemand fragt. Also trage ich stattdessen die Uniform, fahre den mir gegebenen Van und folge meinen Anweisungen, genau wie ich es beim Militär getan habe.

Ich habe nur einmal eine Person getötet, weil ich es wollte ... und selbst dann war es weniger ein Verlangen als Notwendigkeit. Das war es nicht wert, ich bezahle seither für diese

Entscheidung. Aber alles davor oder danach war anders. Heute Nacht ist anders.

Mafiosi zu töten ist wie den Feind auf dem Schlachtfeld zu töten. Die Bastarde wissen, was in der Unterwelt passiert. Du gehst in die falsche Richtung, du stirbst.

Dieser Kerl Toby ist in die falsche Richtung gegangen. Und dann ist er weitergegangen. Jacob, mein Betreuer, hat mir die gottverdammten Bücher gezeigt, von denen dieser Kerl zehn Jahre lang abgezweigt hat. Millionen von Dollar.

Ich weiß nicht, warum er dachte, dieser Mist würde funktionieren — wie er annahm, niemand würde es bemerken. Er war während der ersten paar Jahre ziemlich subtil gewesen: ein paar Tausend hier, ein paar Hundert da, nichts, das der Boss wirklich vermissen würde. Aber dann wurde er gierig. Er wurde offensichtlicher. Größere Zahlen. Häufigere Diebstähle.

Man kommt hier nur mit einer gewissen Menge Mist davon, bevor man dafür bezahlt. Toby war ein guter Buchhalter. Er hat nur zwei Fehler gemacht — er dachte, er könnte die Cohens betrügen, und er hat es so schlecht gemacht, dass er dabei erwischt wurde.

Jetzt bin ich im Regen und kümmere mich um die Sache. Und dafür würde ich Toby gern vor der Kugel in den Arsch treten. Aber ich muss an die Diskretion denken.

Der Wind weht über den Abhang, der Regen schlägt hart genug auf das Gras, um es zu plätten, und während ich den Hügel hinab auf Tobys Garten starre, wird klar, dass ein Schuss aus der Ferne heute Abend nicht funktionieren wird. Ich muss näher ran.

„… scheiße." Warum ist der Boss so erpicht darauf, dass es heute Nacht erledigt wird? Es ist einfach, eine Mordanweisung zu geben, wenn man nicht derjenige ist, der in einem verdammten Monsun durch das Unterholz kriecht, um es zu erledigen.

Ich spähe durch den Regen auf die Hintertür und versuche herauszufinden, wie ich dieses Arschloch nach draußen und weg von seiner Frau bekommen kann, damit ich ihn erschießen und nach Hause gehen kann. Ich könnte hier draußen Geräusche machen — ihn denken lassen, es sei ein Tier oder ein Nachbarskind. Aber dann ruft er vielleicht die Polizei, bevor er nach draußen kommt.

Dann fällt mein Blick auf seine Satellitenschüssel. Es ist eine dieser riesigen Luxusausgaben, die vermutlich eine Übertragung vom Mars empfangen könnte — wenn sie in die richtige Richtung zeigt. Man drehe sie in die falsche Richtung und sie hört auf, all diese Premiumkanäle zu empfangen, für die er vermutlich über zweihundert pro Monat bezahlt.

Ich lächle langsam, als sich in meinem Kopf ein Plan bildet. Ich werde ihn letzten Endes doch nach draußen locken, indem ich ein praktisches kleines ‚Reicher Kerl'-Problem nutze. Eines, das ihn vermutlich so in den Wahnsinn treiben wird, dass er niemals den Hinterhalt erwartet, der hier draußen auf ihn wartet.

2

Ophelia

Ich höre unten ein Poltern, als mein Mann in seinem Wutanfall etwas umwirft. Ich erstarre. Ich stehe neben dem Bett meiner Tochter, da ich sie soeben nach einem weiteren frühmorgendlichen Albtraum zurück in den Schlaf getröstet habe. Der Klang von Tobys Zorn sorgt dafür, dass ich mich stattdessen darunter verstecken möchte.

Der Sturm wirkt sich aus irgendeinem Grund auf den Satellitenempfang aus und das hat Toby wieder wütend gemacht. Ich kann hören, wie er von Raum zu Raum geht, wie er schnaubt, während ich regungslos in Mollys Zimmer bleibe und ängstlich auf seine Schritte auf der Treppe lausche. Sobald er zu mir heraufkommt, weiß ich, was passieren wird.

Nicht vor Molly. Das wagt er nicht.

Aber Toby redet sich heraus und er eskaliert. Langsam, langsam, während der Jahre — wobei er hinterher jedes Mal voller

Entschuldigungen und Versprechungen ankam, sich zu bessern. Versprechungen, die sich immer als leer erweisen, genau wie seine angebliche Liebe für mich.

Das Medaillon, das mir meine Großmutter geschenkt hat? Zerschmettert unter seinem boshaften Absatz, während er fünfmal darauf getreten ist. Hier ist ein glänzender Ring, um es wiedergutzumachen. Das Glas, das er auf mich geworfen hat? Aufgekehrt und ersetzt. Der gebrochene Kiefer an meinem Geburtstag? Er wird das nie wieder tun.

Ich bleibe nur wegen meines Kindes und weil ich Angst davor habe, was er tun wird, um sich zu rächen, wenn ich sie nehme und weglaufe. Tobys Bosse sind gefährliche Männer und sie werden mich auf jeden Fall einfangen und zu ihm zurückbringen. Tobys Bosse sind die Cohens.

Niemand entkomm den Cohens. Also kann ich Toby nicht entkommen. Ich kann nur hoffen, dass er während einem seiner Wutanfälle die falsche Person schlägt oder von all dem Zorn einen Herzinfarkt bekommt.

Zu Beginn war es nett, mit jemandem zusammen zu sein, der immer Geld hatte. Es war nett, mir zum ersten Mal in meinem Leben keine Sorgen darum machen zu müssen. Zu dieser Zeit war ich verzweifelt und er nutzte die Gelegenheit.

Ich kam mit großen dummen Träumen nach Las Vegas und wurde von der Realität geohrfeigt wie eine Million anderer Mädchen auch. Mein Job als Kellnerin ermöglichte es mir kaum, mir eine Wohnung zu leisten, die ich mit drei anderen Leuten teilte. Meine Versuche, ein Showgirl zu werden, führten ins Nichts, da ich die Kerle nicht vögeln wollte, die das Casting machten.

Als Toby kam, sich nett und großzügig verhielt und mich wie eine Lady behandelte, hatte es bereits mein Urteilsvermögen getrübt, arm und verängstigt in Las Vegas zu sein. Als er mich einlud, bei ihm einzuziehen, damit ich keine Probleme hätte, stimmte ich zu. Als ich erkannte, was für ein dummer Fehler das war, war Molly bereits in meinem Bauch.

Toby ist tatsächlich nicht schlecht zu seiner Tochter. Er ist in sie vernarrt. Er ist in ihrer Nähe nie gewalttätig.

Ironischerweise macht es das schwerer, ihm zu glauben, wenn er behauptet, er würde nur bei mir ‚die Kontrolle verlieren'. Ich weiß es besser. Toby ist ein kleiner Mann mit einem kleinem Schwanz. Er nutzt Gewalt, um mich auf Linie zu halten, damit er sich groß fühlen kann.

Aber wenigstens fasst er seine Tochter nicht an oder tut mir in ihrer Nähe irgendetwas an, außer mich anzuschreien. So weit ist er nicht gegangen. Also bleibe ich in ihrem Schlafzimmer und frage mich, wie lange dieser kleine, begrenzte Raum tatsächlich vor ihm sicher sein wird.

Vermutlich nicht lange. Er wird mich rufen, wenn alles andere fehlschlägt, und es gibt Konsequenzen, wenn ich nicht sofort antworte. Am Ende geht es bei ihm nur um Kontrolle — Kontrolle über mich als sein Besitz.

Mom hatte recht mit ihm. Sie hat das absolute Minimum für mich getan, als ich unter ihrem Dach gelebt habe. Sie hatte einen Jungen gewollt und hatte keine Probleme damit, mich jedes Mal daran zu erinnern, wenn ich sie nervte. Und das tat ich schon, wenn ich zu laut zu atmete.

Aber sie sagte mir die nackte Wahrheit über Toby. Ich hätte ihr zuhören müssen, aber ich tat es nicht.

Es ist egal, wie nett er ist, Ophelia. Dieser Mann wird dir wehtun. Und er ist vermutlich enttäuschend im Bett.

Ich blinzle Tränen zurück. *Du hattest zweimal recht, Mom. Nicht, dass ich das dir gegenüber jemals zugeben würde.*

Molly ist mein Trostpreis für diese grauenvolle Ehe, und ich weiß nicht, wie viel länger ich sie in seine Nähe lassen kann, bevor sie ebenfalls zu leiden beginnt. Ich muss einen Ausweg finden. Einer, der nicht damit endet, dass ich tot bin oder im Gefängnis lande.

Mein Baby braucht mich.

Er hat die Firma der Satellitenschüssel angerufen. Ich kann jetzt seine Hälfte der Unterhaltung hören, während er durch den gefliesten Flur läuft und seine Budapester klacken.

„Ich *sage* Ihnen, dass ich *jeden* Monat für das Luxuspaket einen Haufen Geld bezahle, und ich *möchte*, dass Sie einen Mann herschicken, um das *heute Nacht* in Ordnung zu bringen! Sie sind nicht die einzige Möglichkeit in der Stadt, wissen Sie!" Er beginnt so laut zu schnauben, dass es klingt, als wäre er direkt neben mir.

Scheiße. Manchmal frage ich mich, was ihn davor bewahrt, von seinen eigenen Arbeitgebern erschossen zu werden. Er hat solche Schwierigkeiten, sein Temperament zu kontrollieren. Er hat uns aus Arztpraxen herausgetobt, uns bei Handwerkern auf die schwarze Liste gebracht und sogar eine Dose Suppe auf eine Politesse geworfen. Letzteres hätte ihn fast ins Gefängnis gebracht, ich bin sicher, dass es die Cohens waren, die das verhindert haben.

„Ich möchte sofort mit Ihrem Manager sprechen!", brüllt er und stößt dann eine Reihe von Flüchen aus, vermutlich aus Reaktion darauf, warten zu müssen.

Wie viel länger, bis er mich umbringt oder Molly angreift? Wie viele weitere Narben muss ich noch auf meiner Haut und meinem Herzen tragen, bevor das zu Ende ist? Ich weiß nicht, was mehr wehtut: die Angst, die Verzweiflung oder die hilflose Wut.

Vor zwei Monaten, nachdem ich von einem Aufenthalt im Krankenhaus zurückkehrte, dank eines ‚kleinen Sturzes' unsere Haupttreppe hinunter, stand ich mitten in der Nacht auf, schlich mich nach unten und kam mit einem Filetiermesser aus unserer Küche zurück. Ich stand an seiner Seite des Bettes, starrte sein schlafendes Gesicht an, auf den dünnen Hals darunter, wog meine Möglichkeiten und dann das Messer in meiner Hand ab.

Ich nahm an, dass ich einen guten Schnitt setzen konnte, bevor er aufwachte, und wenn ich kein Blutgefäß traf, dann würde er aufstehen und mich angreifen und ich bekäme nie eine zweite Chance. Aber es war das Risiko beinahe wert, für die Chance auf Freiheit.

Was mich zögern ließ, war der Gedanke, dass er mich vielleicht umbrächte, und dann wäre Molly mit ihm allein.

Am Ende packte ich das Messer weg und sah nach meiner Tochter, um mich daran zu erinnern, dass es andere Wege gab.

Ich habe nur noch nichts gefunden, das funktioniert.

„Dann lecken Sie mich am Arsch, Sie verdammter Idiot! Sie wissen gar nichts!" Er wirft das Handy mit einem teuer klingenden Krachen nach unten und seine schnellen, leichten Schritte werden schneller, als er im Foyer auf und ab geht.

Mein Herz hämmert in meinen Ohren, als ich Mollys Zimmer verlasse und leise die Tür schließe, da ich mich nicht ewig bei ihr verstecken will. Das ist nicht richtig. Das Geschrei weckt sie vielleicht auf, sie sieht vielleicht, wie ihre Mutter geschlagen wird.

Also, trotz des Wissens, wie es enden wird, gehe ich weg wie ein Muttervogel mit herunterhängendem Flügel, um den Fuchs von ihrem Nest wegzulocken. Ich glätte die Vorderseite meines züchtigen weißen Nachthemdes und hoffe, dass grober Sex alles ist, was dieser Bastard diesmal verlangen wird.

„Ophelia!" Das Brüllen lässt mich zusammenzucken. Ich weiß nicht, wie dieser erbärmliche kleine Haufen von Mann es schafft, so aggressiv beängstigend zu sein, aber hier sind wir wieder, meine Haut kribbelt bereits in Erwartung von Schmerzen.

Ich zwinge mich an Mollys Zimmer vorbei, den ganzen Weg

bis zur Treppe. „Ja?" Ich halte meine Stimme ruhig. *Lass ihn dich nie schwitzen sehen.*

Toby funkelt zu mir hinauf, seine Brille und seine kahle Stelle glänzen im Licht des kitschigen Kristall-Kronleuchters im Foyer. Hinter diesen leeren Kreisen werden seine kleinen schwarzen Augen genauso leer sein. Er ist in einer gefährlichen Stimmung, vergisst jegliches Vortäuschen von Liebe und Anstand.

Aber anstatt die Treppe hinaufzustampfen, zeigt er durch den Flur zur Hintertür. „Geh nach draußen und sieh nach der verdammten Satellitenschüssel."

Das ist unerwartet. Aber es beinhaltet kein Bluten, also bin ich sofort dabei. „Okay, lass mich meinen Mantel und meine Schuhe holen. Wo ist die Taschenlampe?"

Er wird sofort lila und taumelt mit bereits erhobenen Fäusten zum Fuß der Treppe. „Ich sagte, schaff deinen Arsch nach draußen und sieh nach! Jetzt!"

Innerlich erstarrt gehe ich mechanisch die Treppe hinunter, die Augen nach vorne gerichtet, während er mich anstarrt. Ich muss tun, was er will, ohne emotionale Reaktion, ansonsten geht die Prügel los.

Ich hatte Albträume davon, einen Boden voller Murmeln im Dunkeln überqueren zu müssen, mit einem Fläschchen Nitroglyzerin in meiner Hand. Das ist dasselbe Gefühl. Während des Traums kann ich schreien und weinen. Momentan kann ich nichts davon tun oder es wird ihn explodieren lassen.

Manchmal funktioniert ruhig wirkender Gehorsam und er beruhigt sich selbst und kehrt zu seinen Pornos und seinen Unterhaltungen mit den zwielichtigen Arschlöchern zurück, mit denen er arbeitet. Oder er bestellt mich nach oben und will mich nackt, für ein paar Minuten des unangenehmen Vögelns. So oder so, ich muss mich danach für eine Weile ausruhen, genauso als würde ich geschlagen — aber ohne den Schmerz und den Schrecken, die mich noch tagelang danach verfolgen.

Tobys Starren bohrt Löcher in mich, als ich an ihm vorbeigehe und so viel Abstand von ihm halte, wie ich mir leisten kann. Ich weiß, dass er will, dass ich es irgendwie vermassle. Falsch auftrete. Eine Träne vergieße. Ihm eine Ausrede gebe.

Aber ich werde gut darin. Ich gehe mit ausdruckslosem Gesicht an ihm vorbei, auf dem Weg zur Hintertür, während meine Wut beginnt, meinen Schrecken schmelzen zu lassen. Ich zucke nicht einmal, während ich Befehlen folge. Hier bin ich und gehe in meinem Nachthemd bei fünfzehn Grad und einem Gewitter nach draußen—aber ich habe ihm immer noch nicht den Vorwand gegeben, den er will, um mich zu schlagen.

Er beginnt erneut zu schnauben, als ich von ihm weggehe, verärgert darüber, dass ich ihn nicht verärgere. Seine verdrehten Prinzipien lassen nicht zu, dass er auf mich losgeht, solange er es nicht in seinem eigenen Kopf entschuldigen kann. Das braucht fast nichts—aber solange ich ihm die Illusion völliger Kontrolle über mich gebe, kann sein Durst nach Gewalt nicht herauskommen.

Es ist wie ein Kreuz für einen Vampir — zumindest bis er einen Weg findet, um das Brechen seiner eigenen Regeln zu rationalisieren, damit er trotzdem mit den Fäusten auf mich losgehen kann. Das ist bereits passiert. Und deshalb beginne ich, mir Sorgen um meine Tochter zu machen.

Ich hätte ihn erstechen sollen. Es ist leicht, hier draußen in dieser Wüste eine Leiche zu verstecken. Und ich weiß bereits, wie man Blut aus der Bettwäsche bekommt.

„Beeil dich", knurrt er. Ich lege meine Hand auf die Türklinke und wappne mich, dann öffne ich sie und trete hinaus in den Regen.

Es ist, als würde man von einem Feuerwehrschlauch getroffen. Ich schwanke unter dem Gewicht des vom Wind angetriebenen Regengusses, schnappe nach Luft und blinzle. Ich bin sofort durchnässt und zittere, der durchnässte Flanell klebt an mir, während ich durch den Garten auf den verschwommenen, schemenhaften Umriss der Satellitenschüssel zugehe.

Ich kann bereits etwas Merkwürdiges daran entdecken. Der Winkel ist ungewöhnlich. Hat der Wind das verursacht?

Es ist der eine Teil des Gartens, den das Licht nicht erreicht; ich bewege mich sehr vorsichtig vorwärts, meine Füße sinken in das matschige Gras ein. Der Wind drückt mich seitwärts. Toby brüllt mir von der Tür aus etwas zu. Ich tue so, als könnte ich es nicht hören. Stattdessen dränge ich weiter, dazu entschlossen, das zu erledigen und verdammt nochmal wieder ins Haus zu kommen.

Ich stutze, als ich das Problem sehe: die Satellitenschüssel ist komplett umgedreht. Hat der Wind es irgendwie geschafft, die Schrauben zu lösen? Hat er die Schüssel wie ein Segel erwischt und gedreht?

„Verdammt." Ich seufze, ziehe den durchnässten Stoff von meinen Oberschenkeln und bewege mich weiter vorwärts in den Schatten. Ich kann Tobys Blick wie ein Stück heißes Metall, das auf meine Haut gedrückt wird, auf mir spüren . *Ich würde alles geben, um mich und mein Baby von dir wegzubringen.*

Aber für den Moment muss ich herausfinden, ob dieses Chaos in Ordnung gebracht und das Monster in der Tür besänftigt werden kann. Ich lehne mich nach unten, um die Schrauben zu kontrollieren, die die Satellitenschüssel fixieren und stelle fest, dass sie locker sind. Stirnrunzelnd richte ich mich auf. Plötzlich lehnt sich eine große Gestalt aus dem Schatten und greift mich.

Mein überraschtes Quietschen wird sofort von einer großen behandschuhten Hand unterdrückt. Der Mann zieht mich so schnell in die Dunkelheit, dass ich erstarre. „Sei still", sagt eine tiefe Stimme ruhig in mein Ohr. „Ich bin nicht hier, um dir wehzutun."

Merkwürdigerweise ist der Griff des Mannes an mir fest, aber nicht grob. Seine Hand bedeckt meinen Mund, aber seine Stimme ist beruhigend. Sein großer Körper hinter meinem strahlt Wärme ab und blockiert den Regen.

„Ruf nach deinem Mann", sagt die Stimme in mein Ohr.

Ich erstarre, meine Gedanken drehen sich. Dieser Mann ist hier, um Toby zu töten.

Ist er von einer konkurrierenden Verbrecherfamilie? Oder hat Toby endlich solchen Mist gebaut, dass die Cohens ihn verschwinden lassen wollen? So oder so ... ich weiß, was passiert, wenn Toby herkommt. Er wird eine Kugel abbekommen. Ich sterbe vielleicht auch, aber ... so eine Gelegenheit gibt es nur einmal.

Er nimmt seine Hand von meinem Mund. „Werden Sie mich umbringen, wenn Sie fertig sind?", will ich mit leiser Stimme wissen.

„Nein. Du hast den Boss nicht verärgert. Aber wenn du nicht kooperierst, werde ich dich umlegen müssen."

„Ich habe eine sechsjährige Tochter da drin", warne ich ihn und merke, wie er leicht versteift.

„Du lügst besser nicht."

Ich erkenne, dass das Seltsamste an diesem Moment nicht ist, dass ein Auftragskiller hinter mir steht und mir sagt, ich solle meinen Mafia-Buchhalter-Ehemann herrufen, damit er erschossen werden kann. Das Seltsamste daran ist, dass die Berührung des Auftragskillers sanfter ist als die meines Mannes.

„Toby!", rufe ich aus voller Lunge.

„Was, Schlampe?", brüllt er zurück. „Ich komme nicht da raus!"

Der Mann hinter mir öffnet etwas und ich höre, wie er eine Waffe zieht. Und plötzlich kocht die Wut, die jahrelang in mir gebrodelt hat, über. „Ich sagte, ich brauche die Taschenlampe aus einem Grund, du blöder, kleiner Saftsack. Jetzt hol sie und schaff deinen haarigen Hintern hierher!"

Der Kerl hinter mir zuckt leicht zusammen und beginnt dann zu zittern, woraufhin ich bemerke, dass er leise lacht. Vermutlich hat er erwartet, ich würde aus Angst gehorchen. Aber ich habe zahlreiche andere Gründe, um bei einem Anschlag auf Toby zu kooperieren.

„Was?" Tobys Stimme bricht auf eine Art, die Eis durch mein Herz fahren lässt. Aber ich weiß jetzt, dass er mich nie wieder anfassen wird — und ich nie wieder die Chance bekommen werde, ihm zu sagen, was ich wirklich denke.

„Was hast du zu mir gesagt?"

„Du hast mich gehört, du mickriges Stück Scheiße! Mach dich einmal in deinem Leben nützlich. Hol die verdammte Taschenlampe und komm hierher!"

Heilige Scheiße. Ich habe das laut gesagt. Mehr als das — meine Stimme war schroff, voller Verachtung. Nach Jahren des Leidens unter seinen Fäusten, unter seinen Regeln, während jeder Aspekt meines Lebens kontrolliert wurde ... fühlt es sich gut an, diesem Arschloch die Meinung zu sagen.

„Wenn du wieder reinkommst, werde ich dich fertigmachen, du Hure!", brüllt er, wobei seine Stimme durch den stärker werdenden Wind kaum hörbar ist.

Ich warte, bis er ein wenig nachlässt, dann erwidere ich noch lauter: „Dann komm raus und tu es, du Feigling! Oder hast du Angst, dass es deine kahle Stelle größer aussehen lässt, wenn dein Haar nass wird?"

Sein undeutliches Knurren des Zornes mischt sich mit dem Knacken des fremden Fingers, der sich am Abzug anspannt.

Und dann verliert Toby die Kontrolle, stampft über den Rasen und schert sich nicht länger um den Regen oder irgendetwas anderes. Hungrig darauf, mich zu schlagen, mir die Haare auszureißen, mein Gesicht auf den Rand der Satellitenschüssel zu schmettern. Begierig darauf, mit dem zu beginnen, auf das er sich die ganze Nacht vorbereitet hat.

Der Mann mit einem Arm um mich — sein großer, harter Körper an meinem Rücken — versteift sich erneut ein wenig und greift mich fester, aber nicht schmerzhaft. Beschützend. Er dreht sich zur Seite, hebt mich einarmig tatsächlich für einen Moment hoch und stellt sich zwischen mich und meinen anstürmenden Mann.

Er ist ein Mafia-Auftragskiller! Wer tut das?

Toby ist so blind vor Wut und Durst nach meinem Blut, dass er den Kerl im Schatten nicht bemerkt, bis er fast in uns hineinläuft. Dann bemerkt er die auf seine Nase gerichtete Pistole und bleibt stehen, während ihm entsetzt die Kinnlade herunterfällt.

„Das ist dafür, dass du zehn Jahre lang Geld abgezweigt hast. Und dafür, dass du ein beschissener Ehemann bist", fügt der Fremde hinzu. „Hast du irgendwas für mich, das ich den Bossen außer deinem Todesfoto mitbringen kann?"

„Ich ... ich ..." Toby starrt zwischen uns hin und her, während ich stumm dastehe und mich auf den Schuss vorbereite. „Ich habe nicht ..."

„Zehn Millionen Dollar, Kumpel. Und du hast wirklich gedacht, dass es niemand bemerken würde." Der Fremde klingt beinahe amüsiert, seine Stimme ist tadelnd. „Was dachtest du, würde passieren? Hast du geplant, deine Frau auch dafür zum Sündenbock zu machen?"

Die Schärfe in der Stimme des Fremden fasziniert mich. Aber was mich mehr fasziniert, ist die Blässe in Tobys Gesicht, als der Blitz grelles Licht über den Garten wirft. Der Blick meines Mannes trifft meinen ... und füllt sich dann mit ohnmächtiger Wut. „Du hast mich hintergangen ..."

„Nein, hat sie nicht." Und dann kommt der Donner. Der

Schuss klingelt in meinen Ohren, verliert sich aber trotzdem in den Geräuschen des Gewitters.

Toby ächzt einmal, die Hand über der Brust, die Augen aufgerissen. Er hält meinen Blick und mein Herz bricht in zwei Teile: Eine Hälfte trauert bereits um den Mann, von dem ich weiß, dass er nur eine Fassade war, um mich anzulocken, und die andere Hälfte ist erleichtert, dass der echte Toby endlich weg ist. Ich erinnere mich an den gebrochenen Kiefer, den ersetzten Zahn, die Fehlgeburt durch Schläge in den Bauch ... und erzwinge ein Lächeln.

Es ist das Letzte, was er sieht, bevor seine Augen glasig werden und er rückwärts auf den Rasen fällt.

Ich stoße ein erleichtertes Seufzen aus und der Mann lässt mich los. Aber er steckt die Waffe nicht in den Holster. Nach einem Moment erkenne ich es und drehe mich nervös um.

Die Waffe hängt an seiner Seite, aber die geheimnisvolle Gestalt steht nur da und sieht mich an. Ich erhasche einen Blick auf einen Arbeitsoverall, eine Kappe und ein Paar blaue Augen, die mich mit überraschender Sorge anstarren.

„Was jetzt?", frage ich atemlos und versuche, das Röcheln hinter mir zu ignorieren.

3

Brian

PLÖTZLICH HABE ich es auf einmal mit drei unerwarteten Faktoren zu tun. Faktor Nummer eins: Die Frau des Kerls hat alles gesehen. Sie hat mir sogar geholfen und ich bezweifle, dass es nur daran lag, dass sie Angst hatte. So wie er sich verhalten hat, hat Toby Whitman ihr das Leben zur Hölle gemacht.

Faktor Nummer zwei: Sie haben eine kleine Tochter. Noch ein weiterer Grund für mich, die ‚Keine Zeugen'-Regel der Cohens zu brechen.

Faktor Nummer drei: Sie ist die schönste Frau, die ich je gesehen habe. Durchnässt, erschöpft, verängstigt, das goldene Haar aus dem Knoten gelöst, große braune Augen voller Angst ... diese zierliche Nymphe starrt mich an, als wäre sie verwirrt, wie ich fortfahren werde. Ihr Mann nimmt seinen letzten Atemzug und sie sieht ... erleichtert aus.

Und ich bin sowohl schockiert als auch froh.

„Er hat dir wehgetan." Ich stecke die Waffe in den Holster. Ich nutze sie nicht, selbst wenn sie wegläuft und nach der Polizei schreit. Ihr Mann war mein letzter Auftrag. Ich bin fertig.

„Während unserer ganzen Beziehung", murmelt sie und sieht zu mir auf. Sie entspannt sich ein wenig mehr, als ich das Kaliber Fünfundvierzig wegstecke. „Sie sind von den Cohens."

„Ehemals. Das war mein letzter Job." Ich reibe mir das Kinn, während ich sie ansehe. „Gehen wir rein und reden. Ich glaube, wir können einander vielleicht aushelfen."

„Wenn Sie irgendetwas tun, um meinem Kind wehzutun ...", beginnt sie, aber ich schüttle den Kopf.

„Ich bin kein Stück Scheiße wie dein Mann. Ich möchte einen Deal machen, nicht noch mehr Probleme verursachen." Ich drehe mich um und starre die ausgebreitete Gestalt auf dem Boden an. „Geh rein. Zieh dich um. Ich kümmere mich darum."

Ich weiß nicht, warum ich ihr vertraue, nicht zur Polizei zu gehen. Vielleicht hat sie verstanden, dass sie soeben geholfen hat, ihren Mann in den Tod zu locken und dass das bei der Polizei keinen guten Eindruck hinterlassen wird. Vielleicht ist sie zu froh darüber, dass er tot ist, um mir großartig Schwierigkeiten zu machen. Aber als sie nickt und sich umdreht, um hineinzugehen, empfinde ich nichts als Erleichterung.

Ab mit dem Kerl in einen Leichensack. Er wiegt nicht viel, selbst schlaff. Ich nehme ihn auf eine Schulter, gehe zurück über den Zaun und schaffe ihn in den Van. Draußen in der Wüste wartet ein offenes Grab auf ihn.

Zum Glück musste ich es nicht ausheben. Ein anderer Kerl, der ein wenig tiefer auf der Abschussliste des Bosses steht als Toby, bekam die Aufgabe. Es ist besser als eine Kugel — aber in diesem Wetter nicht viel.

Für ein paar Sekunden denke ich darüber nach, einfach auf den Fahrersitz des Vans zu steigen und wegzufahren. Die Polizei unterliegt größtenteils dem Einfluss der Cohens und ich weiß, dass ich nicht von der Überwachungskamera erwischt wurde. Tobys Frau scheint erleichtert zu sein, dass er tot ist.

Ich möchte weiterziehen und sie in Ruhe lassen, um eine wohlhabende Witwe zu sein. Sie kann einfach allen sagen, dass ihr Mann verschwunden ist.

Nur ...

Nur dass sie vielleicht ein genauso schlechter Lügner ist wie ich. Und selbst wenn ich außer Landes bin, sind das Probleme, die mir folgen könnten. Und ...

Und wenn sie mit der Polizei spricht, wenn sie sie brechen, werden die Cohens nächstes Mal jemanden schicken, dem es egal ist, unschuldiges Blut zu vergießen.

„Ich muss sie mitnehmen." Es klingt lächerlich, selbst als es aus meinem verdammten Mund kommt. „Sie und das Kind. Der einzige Ort, an dem sie sicher sein werden, ist weit weg."

Aber das ist verrückt. Wenn sie an der Grenze nach mir Ausschau halten, wird sie erneut in Gefahr geraten, wenn sie bei mir ist.

Es sei denn ...

Vielleicht bin ich müde. Vielleicht ist es die Tatsache, dass ich vom Regen durchweicht werde. Vielleicht lässt mein Urteilsvermögen nach, da ich mich ohnehin auf dem Weg aus diesem gottverdammten Geschäft befinde.

Oder vielleicht ist sie es. Unerwartet.

Vielleicht sind es diese riesigen braunen Augen, die jetzt in mein Gedächtnis eingebrannt sind und mich anstarren, als wäre ich ein gottverdammter Held. Das letzte Mal, als mich jemand so angesehen hat, war es die Tochter meines Nachbars. Die ich vor diesem verdammten Meth-Dealer gerettet habe.

Ich bin nur froh, dass sie keine Ahnung hat, dass ich es auf denjenigen abgesehen hatte, der herauskam, um die verdammte Satellitenschüssel in Ordnung zu bringen und dass ich nicht erwartet hatte, dass das faule, ausfallende Arschloch sie in ihrem Nachthemd nach draußen schickt. Gut, dass sie nicht weiß, dass ich eine Sekunde, bevor ich nach ihr gegriffen habe, eiligst meine Waffe zurück in ihren Holster gesteckt habe. Ich hoffe, dass sie nie erfährt, dass ich kurz davor war, sie versehentlich zu erschießen.

Das ist vermutlich ein Teil davon — die Schuld. Ich habe in meinem Leben genau null unschuldige Menschen getötet. Wenn sie nicht bewaffnet, gefährlich und auf der Todesliste meines Bosses oder der Regierung waren, rührte ich sie nicht an. Alle außer diesem Dealer — dessen Tod mein Leben ruiniert hat.

Es hat mich erschüttert, beinahe diese schöne junge Mutter getötet zu haben. Sie scheint zu denken, ich sei ein Held, weil ich sie und ihre Tochter von was auch immer befreit habe, was ihr Mann ihnen angetan hat. Da ich weiß, wie kurz ich vor einem fatalen Fehler war, möchte ich jetzt dieser Held für sie sein.

Ich schließe die Augen. *Gehe ich hin und rede mit ihr oder fahre ich weg und hoffe, dass es ihr Leben nicht durcheinanderbringt oder beendet?*

„Ich gehe und rede mit ihr." Meine eigene gemurmelte Antwort erhebt sich über das Prasseln des Regens. Ich schüttle seufzend den Kopf. Das ist vermutlich unklug, wahrscheinlich aber gleichzeitig das Richtige.

Als ich zu ihrem Garten zurückkehre, zögere ich, da ich nicht sicher bin, ob ich klopfen oder einfach hineingehen sollte. Es scheint ein wenig lächerlich zu sein, so höflich zu sein, aber sie ist keine Zielperson. Sie ist eine Frau, mit der ich eine schnelle und hoffentlich wechselseitig vorteilhafte Verhandlung führen werde.

Ich klopfe an die längs unterteilte, gläserne Hintertür und warte höflich unter dem Vordach darauf, dass sie kommt. Stattdessen bekomme ich ein winziges Mädchen in einem riesigen taubenblauen T-Shirt, dessen glattes haselnussbraunes Haar vom Schlafen zerzaust ist. Sie tappt die Treppe herunter, nimmt jede Stufe sehr vorsichtig, ihre großen braunen Augen sind voller Entschlossenheit.

Oh. Uh. Ich stehe blinzelnd da. Unerwartetes Szenario Nummer zwei beim Job dieses Morgens: klitzekleines, niedliches Kind mit Schlaflosigkeit. Yay.

Ich versuche meinen Gesichtsausdruck zu einem freundlichen Lächeln zu arrangieren, als sie ans Glas tritt und mich mit einem winzigen Stirnrunzeln betrachtet. „Hallo. Kannst du deine Mama holen? Du solltest die Tür nicht allein öffnen."

Das ist das verantwortungsvolle Erwachsenenzeug, das man zu Kindern sagen soll, oder? Es ist eine Weile her.

Sie runzelt die Stirn und greift nach dem Türknauf. „Es regnet! Dir wird kalt werden!"

„Nein, nein, du kennst mich nicht, Süße. Mach nicht die Tür für Fremde auf. Manche von ihnen sind nicht nett. Warte einfach auf deine Mama." *Na, das ist unangenehm.*

Ich weiß nicht, was die Mutter ihrer Tochter darüber erzählen will, was passiert und warum ihr Vater weg ist. Ich weiß nicht, ob sie Angst vor ihrem Vater hat, ob sie ihn liebt oder beides. Das muss ich ihrer Mutter überlassen ... denn ich war überfordert, sobald das kleine Kind zur Tür gekommen ist.

„Mommy weint unter der Dusche. Komm rein und mach mir Kakao." Sie schmollt aufsässig und beginnt, den Türknauf zu drehen. „Es ist kalt und nass! Sei nicht dumm!"

„Ähhh ..." Es wird auf diese arme Frau sehr schlecht wirken, wenn sie vom Duschen zurückkommt und ich mit ihrem Kind im selben Zimmer in ihrem Haus bin. „Es ist okay, Süße. Ich muss deine Mutter entscheiden lassen. Das sind die Regeln. Wenn sie mich reinlässt, mache ich dir Kakao."

Schritte ertönen auf der Treppe. Ich blicke durch das Foyer auf die große Treppe und sehe, wie diese sanftäugige blonde Nymphe herunterkommt, eingehüllt in einen Bademantel, das Haar in ein Handtuch gewickelt. Sie sieht besorgt aus und schießt nach vorne, als sie sieht, wie ihre Tochter versucht, mich hereinzulassen.

Das Mädchen sieht schmollend zu ihr auf. „Er ist dumm. Er will nicht hereinkommen, solange du nicht sagst, dass es ist okay! Aber es regnet und ich will Kakao."

Sie entspannt sich leicht und sieht zu mir auf. Ich nicke ihr zu — und bemerke, wie ihre Augen etwas größer werden, als sie mich im Licht sieht.

Ich muss dagegen ankämpfen, damit mein Lächeln nicht zu einem Grinsen wird, als ihr Blick über mich wandert. Es gibt viele Frauen da draußen, die einen großen, gut gebauten Mann mögen, der weiß, wie man sanft ist. Und meine eine Begegnung mit Toby und ihre Beziehung hat mir bereits gesagt, dass der Mann es für sie im Bett nicht gebracht hat — oder irgendwo anders.

„Oh, hat er das? Na, gut. Du weißt, dass du auf mich warten sollst." Sie scheucht ihr Kind sanft von der Tür weg und kommt vor, um sie zu öffnen. „Kommen Sie herein."

Ich achte darauf, keine plötzlichen Bewegungen zu machen, als ich das Haus betrete, aber ich lasse meinen Blick über den ganzen Bereich wandern. Dieses Haus hat nirgendwo Kameras, die ich sehen kann. Meine Vermutung ist, dass Toby ein prügelnder Ehemann war und keine Kameras in der Nähe wollte, die seine Angriffe aufzeichnen konnten.

„Wie ist Ihr Name?", fragt sie mit schwacher Stimme. Ich sehe herüber und merke, wie sie bereits ihren Ehering auszieht und in die Tasche ihres Bademantels gleiten lässt. Ich weiß nicht, ob es wegen mir ist oder weil es sich während ihrer Ehe mit diesem widerlichen kleinen Kerl wie eine Fessel angefühlt hat.

Vermutlich Letzteres, egal wie sehr mein Ego gern Ersteres hätte.

„Brian. Du?" Ich lasse mein Verhalten so ruhig und freundlich wie möglich. Die Anwesenheit des Kindes verlangt Leichtigkeit, selbst in dieser verrückt schweren Situation.

„Ophelia. Das ist Molly." Sie schenkt mir trotz der roten Augen ein winziges Lächeln. „Sie ist sechs."

Ich lächle das Kind an. „Hi, Molly. Nett, dich kennenzulernen."

„Kakao!", ertönt die piepsige Forderung und Ophelia und ich tauschen einen unbehaglichen Blick aus.

„Äh, ja, klar." Ich lasse uns von Ophelia — reizender Name für ein reizendes Mädchen — in die Küche führen. Sie sieht mich ein paar Mal nervös an und ich habe Schwierigkeiten, meinen Blick von den umwerfenden Kurven ihres Hinterns abzuwenden, die sich durch den weißen Frottee drücken.

„Wollen Sie etwas Stärkeres als Kakao?", fragt sie, während sie die Schränke aufmacht und ich Milch aus dem Kühlschrank hole. Sie bleibt ruhig, verhält sich normal, vermutlich ihrem Kind zuliebe. Aber ihre Augen sind immer noch rot und ich weiß, dass es ihr sehr zusetzt.

„Pfefferminzschnaps, wenn du welchen hast." Ich möchte loslegen und ihr sagen, dass es mir leidtut und ihr versprechen, dass ich helfen werde, dafür zu sorgen, dass sie keine Nachwirkungen hiervon zu spüren bekommt. Aber im Moment ist die oberste Priorität, der Kleinen zu versichern, dass nichts Merkwürdiges oder Angsteinflößendes vor sich geht. Man macht sich bei einer Frau schnell unbeliebt, wenn man ihrem Kind Angst macht.

„Ich habe nur Kahlua und Whiskey." Sie sieht mich über ihre Schulter an und ich bemerke den verblassenden blauen Fleck auf ihrem Wangenknochen. Die Dusche muss das Makeup abgewaschen haben, das es verdeckt hat. Sie ist wirklich daran gewöhnt, Schläge zu bekommen. Das ist einfach ... krank.

„Eigentlich klingt Kahlua gut. Danke." Ich schenke ihr ein Lächeln und sie sieht schüchtern weg. *Hör auf, Brian. Jetzt ist nicht die Zeit zum Flirten, selbst wenn sie so dankbar ist, wie sie wirkt, dass ihr Mann tot ist. Sie hat trotzdem unter der Dusche geweint. Sie ist zu verletzlich, als dass ich irgendetwas übereilen dürfte. Es wäre nicht richtig.*

„Okay." Sie stellt die Flasche auf die Anrichte in der Nähe und sucht weiter, während ich die Milch erhitze.

„Also, willst du deinen Kakao mit vielen Marshmallows oder superduper vielen Marshmallows?", frage ich Molly, als eine Tüte mit Mini-Marshmallows neben mir auf die Anrichte gelegt wird. Ich rühre Schokoladenraspel aus einer Tüte in die Milch.

„Superduper viele!", beharrt das Kind und strahlt mich mit riesigen Augen an, die denen ihrer Mutter so ähnlich sind.

Was zur Hölle geht hier eigentlich vor sich?, denke ich, während ihre Mutter stumm drei Tassen auf die Anrichte stellt. „Ist für Mom superduper viel okay?", frage ich nach, da ich mir nicht sicher bin, das Kind noch vor der Dämmerung mit einem Zuckerschock aufgedreht sein zu lassen. Meinen eigenen Eltern wäre es egal gewesen, aber ich weiß, dass es bei richtigen nicht so ist.

„Es ist in Ordnung. Unter diesen Umständen wird sie sowieso wach sein. Möchtest du nach dem Kakao deine Miyazaki-Filme sehen, Liebling? Wir müssen eine langweilige Erwachsenenunterhaltung führen."

„*Chihiros Reise ins Zauberland!*", quietscht Molly, die begeistert zu sein scheint, dass ihr niemand sagt, sie solle ins Bett gehen. Ich lache und schüttle den Kopf, während ich weiterrühre.

Aber lustige Sache. Sie hat nicht einmal gefragt, wo ihr Vater ist.

Sobald Molly im Wohnzimmer mit geschlossener Tür sitzt, der Film eingeschaltet und Kakao mit einer Handvoll Marshmallows darin in der Hand, dreht sich Ophelia mit vor sich verschränkten Händen zu mir um. „Gehen wir nach oben."

Ich versuche die Reaktion meines Schwanzes auf eine Einladung zu ignorieren, die nichts mit Sex zu tun hat, und nicke einfach, bevor ich ihr zur Treppe und diese hinauf folge.

„Können Sie mir die ganze Geschichte erzählen, warum mein Mann jetzt tot ist?", fragt sie mit ihrer leisen, sanften Stimme.

„Mir wurde gesagt, er hätte während des letzten Jahrzehnts zehn Millionen Dollar abgezweigt. Er wurde gut bezahlt, aber er hätte sich dieses Haus nicht leisten können, ohne von jemandem etwas zu stehlen. Er hat sich dafür die Cohens ausgesucht." Ich nippe an meinem Drink, während ich ihr folge und es nicht näher ausführe.

„Das klingt nach einer grauenvollen Idee." Sie führt mich in einen Raum, der sich als kleines Büro entpuppt. Aufgrund der schönen, bequemen Stühle und der geblümten Kunst an den Wänden nehme ich an, dass es ihres ist. „Bitte setzen Sie sich. Ich, äh ... ich weiß nicht, was ich diesbezüglich sonst noch fragen soll."

Ich setze mich auf einen der übermäßig gepolsterten Sessel. Sie macht es sich auf der Couch mir gegenüber bequem und nippt an ihrem Drink. „Es ist ziemlich klar. Er hat Geld unterschlagen, er wurde erwischt, er hat alles abgestritten. Das hat ihm die Kugel eingebracht."

Ich versuche meine Stimme sanft zu halten, aber sie versteift sich leicht. Ich warte, bis sie sich mit einem weiteren Schluck gestärkt hat. Sie spricht nicht mehr, also fahre ich fort.

„Die Bosse ... jetzt meine ehemaligen Bosse ... mögen keine Zeugen, und sie mögen nichts Unerledigtes. Deshalb habe ich versucht, ihn aus dem Haus zu locken. Wenn die Dinge gelaufen wären wie geplant, na ja, dann hättest du mich gar nicht gesehen. Er wäre einfach aus deinem Garten verschwunden."

„Ich verstehe." Sie presst ihre Lippen zusammen und sieht mir in die Augen. „Also werden mich die Cohens tot sehen wollen. Und mein Kind." Tränen glänzen in ihren unteren Wimpern und mein Herz brennt.

„Wenn sie herausfinden, dass du etwas gesehen hast, ja. Sie werden jemanden schicken, der nicht meine Moral, und er wird den Job zu Ende bringen." Ich fahre mir mit einer Hand durch das Haar und wende den Blick ab. „Es tut mir leid."

„Aber deshalb sind Sie nicht zurückgekommen. Also, was — eine Warnung, aus der Stadt zu verschwinden?" Ihre Stimme zittert.

„Eher eine Einladung. Ein Weg, damit *wir alle* endgültig von den Cohens wegkommen." Als sie überrascht blinzelt und Hoffnung blass in ihren Augen aufleuchtet, lächle ich aufrichtig.

4

Ophelia

DER ATTRAKTIVSTE MANN, den ich je persönlich gesehen habe, trinkt in meinem Büro Kakao mit Kahlúa mit mir, nicht einmal eine halbe Stunde, nachdem er mit meiner Hilfe meinen Mann erschossen hat. Ich gehe diese Tatsache immer und immer wieder geistig durch, während er mir ruhig unsere momentane Zwickmühle erklärt — und seine geplante Lösung.

„Also, wir finden das, was von den gestohlenen Millionen übrig ist und alles andere, was wir mitnehmen können, du packst Taschen für dich und das Kind und wir fahren nach Los Angeles. Wir besorgen uns ein anderes Auto und ein paar Touristenklamotten, dann machen wir uns auf den Weg nach Baja California." Er hebt leicht seine Augenbrauen. „Wie ist dein Spanisch?"

„Äh ... na ja ..." Ich lächle verlegen. „Meine Nachbarin hat mir ein wenig beigebracht. Aber ich weiß, dass ihr mein Akzent vermutlich in den Ohren wehtut und ich die Hälfte der Zeit irgendwelchen Quatsch erzähle." Maria wird sich fragen, was zur Hölle passiert ist, wenn ich plötzlich verschwinde.

Ich werde ihr eine E-Mail schicken müssen, dass ich vor Toby weggelaufen bin und nicht darüber reden kann, wo ich im Moment bin. Sie hat mich ermutigt, mit Molly Zuflucht zu suchen. Ich werde ihr sagen, dass es mir gutgeht und sie dann einfach annehmen lassen, dass ich einen sicheren Ort gefunden habe.

Brian prustet und blickt hinab in seine Tasse. Dieses schmale Lächeln bezaubert mich mehr, als es ein Grinsen tun würde. Ein Grinsen von einem Kerl, von dem ich weiß, dass er töten kann, würde mich einfach nur nervös machen. „Es ist in Ordnung. Ich habe es auch von einem Muttersprachler gelernt und viel geübt. Ich springe für dich ein, bis du besser bist."

Er will das wirklich tun — und ich beginne zu denken, dass es die beste Wahl ist. Selbst mit all der Angst, unter der ich heute Nacht gelitten habe, möchte ich ihm vertrauen. Ich habe gesehen, wie er mit Molly umgeht — und mit mir.

Sein Name ist Brian. Er ist ein Auftragskiller für die Cohens und er will genauso sehr raus wie ich. Und er hat blaue Augen und einen Superheldenkiefer und einen unglaublichen Körper. Er ist sogar gut mit Kindern.

Träume ich? Habe ich den Verstand verloren? Oder spielt er mit mir wie die dumme Schlampe, als die Toby mich immer bezeichnet hat?

Er will, dass wir mit ihm nach Mexiko gehen. Nicht für immer, nur lange genug, dass ich meine fünf Sinne zusammennehmen und woanders hinreisen kann. Aber er hat es klar gemacht: Solange wir noch in den Staaten sind, sind wir nicht sicher.

„Warum müssen wir über die Grenze? Und warum Kalifornien?" Ich durfte Toby nie Fragen stellen. Er hat mir immer gesagt, ich solle meine verdammte Nase aus seinem Geschäft heraushalten und hat es dabei belassen.

„Die Cohens haben Feinde in Südkalifornien. Die Milanos. Es ist für mich sogar gefährlich, dort zu sein. Ich habe ein paar von ihnen umgebracht." Er trinkt einen Schluck und stellt die Tasse beiseite, wobei er den Untersetzer benutzt, den ich auf dem Beistelltisch gelassen habe.

„Deshalb färbst du deine Haare und schlägst falsche Ausweise vor? Kannst du das ohne das Wissen der Cohens arrangieren?" Mir gefällt die Idee nicht, dass er das Gold in seinem Haar wegfärbt. Ich versuche mein Interesse an seinem Aussehen zu ignorieren, aber mein Verstand kehrt immer wieder dahin zurück.

Ich habe nie Freude daran gehabt, Tobys Körper anzusehen. Drahtig, dickbäuchig, haarig — wie ein unterernährter Affe mit rasiertem Oberkopf. Außerdem hat er nie die verdammte Brille abgesetzt. Nicht einmal, wenn er mich gevögelt hat.

Ich nehme an, dass es ihm Zeit gespart hat, sie oder seine Klamotten oder manchmal sogar seine Schuhe nicht auszuziehen. Er war allemal ... *zweckmäßig* ... beim Sex.

Er war ebenfalls der einzige Mann, mit dem ich je Sex hatte. Sex mit ihm war eine Verpflichtung, ein Friedensangebot, so mühsam und demütigend wie das Schrubben einer Toilette. Jedes Mal hat ihn für eine Weile beruhigt, also habe ich es hingenommen.

Ich hätte nie gedacht, dass ich einen Mann treffen würde, den ich wirklich will, egal wie verrückt oder erschütternd die Situation ist. Aber genauso ist es jetzt ... zum ersten Mal seit meinen Schwärmereien auf der Highschool. Wild, schwindelig, zeitlich unpassend, völlig unlogisches Verlangen.

Es ist das Adrenalin. Und ich bin betrunken vor Freiheit. Der Mistkerl ist tot — und es ist nur Glück, dass der Mann, der mich vor ihm gerettet hat, ein herrlicher Muskelprotz ist.

„Bin ich ein schlechter Mensch, weil ich froh bin, dass er tot ist?", frage ich plötzlich und bereue es sofort. Meine Wangen kribbeln vor Verlegenheit.

Brian ist für einen Moment still. Dann sagt er langsam: „Dieser Mann hat dich misshandelt. Dich kontrolliert. Dich bedroht. Ich weiß nicht einmal, was noch, aber er hat es jahrelang getan, richtig?"

„Richtig." Meine Kehle hat sich allein durch den Gedanken daran zugeschnürt.

„Dann bin ich froh, dass das Arschloch tot ist, und es ist mir scheißegal, ob mich das zu einem schlechten Menschen macht. Und dir sollte es auch egal sein. Wenn du dich besser fühlst, jetzt wo er weg ist, dann muss er der schlimmste verdammte Ehemann gewesen sein."

Das Mitgefühl in seiner Stimme erinnert mich an seine Berührung — kräftig, aber irgendwie liebevoll, als wäre er sich seiner Kraft so bewusst, dass er es nicht riskieren will, mich zu verletzen. Ich presse meine Knie zusammen und versuche eine weitere Welle des Verlangens zu ignorieren.

„Danke", murmle ich und entscheide, das Thema für den Moment ruhen zu lassen. „Also ... wir gehen nach Kalifornien, tun so, als wären wir eine Familie, überqueren die Grenze, und was dann?"

„Es gibt in Baja einen Ferienort, wo wir ein paar Wochen bleiben können, während du dich wieder sammelst. Dann, wenn du willst, können wir einfach getrennte Wege gehen. Du wirst das Geld haben, das du mitgenommen hast, und ich werde meine Freiheit haben." Seine Augen funkeln.

„Aber bis dahin tun wir so, als wären wir Mann und Frau, um kein Misstrauen zu erregen." Ich versuche zu ignorieren, wie verlockend das klingt. „Mit Molly als unsere Tochter."

Nachdem ich ihn dabei gesehen habe, zweifle ich seine Fähigkeit nicht an, die Rolle des liebevollen Vaters zu spielen. Es wirft in mir die Frage auf, wie er so gut mit Kindern geworden ist. Aber so zu tun, als sei ich seine Frau?

Ein Bett teilen?

Ich nehme einen hastigen Schluck aus meiner Tasse, da mein Mund plötzlich trocken ist. *Es ist nur der Schock. Er lässt mich verrückte Dinge denken.*

„Das ist richtig. Wir tun einfach so, als wären wir Touristen mit ihrem Kind, haben irgendetwas über vier Wochen Spaß, und sobald mein neuer Ruhesitz fertig und alles ein wenig abgeklungen ist, entscheiden wir, was als Nächstes passiert." Er neigt leicht den Kopf. „Was denkst du?"

Das ist alles so plötzlich. Genau wie Tobys Tod. Und doch ... hat er recht.

Denk schnell, Ophelia. Diese Gelegenheit wird sich nicht ewig bieten.

„Kann ich dir vertrauen, uns nicht in Gefahr zu bringen?" Ich hätte Toby damit nie vertrauen können. Ich bin Männer leid, denen ich nicht vertrauen kann.

„Kann ich dir vertrauen, während der ganzen Sache nicht aus der Rolle zu fallen?" Sein Blick ist beständig, herausfordernd.

„Ja. Wir werden nur Wege finden müssen, um es für Molly einfacher zu machen." Ich beiße mir auf die Lippe. Ich kann nicht glauben, dass ich solche Pläne mache, anstatt im Schlafzimmer für eine weitere Stunde zu zerbrechen.

Es gibt keine Alternative. Ich muss stark für mich und mein Baby sein. Ich bete nur, dass ich die richtige Wahl treffe.

Er nickt, wobei er mich immer noch ansieht. „Dann verspreche ich es. Wir machen es für Molly so leicht wie möglich — und für dich."

Ich fühle eine tiefe Wärme in meinem Bauch, als er das sagt. Ich weiß, dass er ein Mafia-Auftragskiller ist. Ich weiß, dass er für Geld vermutlich Dutzende Menschen umgebracht hat. Aber ich stimme der Sache und den Plänen trotzdem zu. Und nicht nur des Überlebens wegen.

Selbst halb betäubt, selbst wenn ich wegen allem, was vor sich geht, irgendwo unterwegs die Fassung verliere, ich kann bereits spüren, wie ich zu dem mysteriösen Brian hingezogen werde. Ich weiß, dass es mein Urteilsvermögen trübt. Aber er bietet mir ebenfalls eine Chance, dort neu anzufangen, wo die Cohens uns nicht erreichen können.

„Dann bereiten wir uns vor", sage ich so ruhig ich kann.

Bitte lass mich die richtige Wahl treffen.

5

Brian

WIR SIND seit einer Stunde in diesem Gewitterregen auf der Straße und das Kind hat immer noch nicht gefragt, wo ihr Daddy ist. Das ist die Sache, die für mich am meisten heraussticht. Kein Wort über ihn — keine Sorge, keine Neugier.

Sie will wissen, wo wir hingehen: Kalifornien. Sie will wissen, warum wir gehen: Urlaub. Sie will wissen, wer ich bin: Moms Freund, der ihnen hilft.

Aber es gibt kein „Wo ist mein Daddy?" oder „Wann kommen wir zurück?" oder „Warum machen wir das so spät abends?". Keine Angst. Sie ist nach zwanzig Minuten eingeschlafen, das Gesicht so friedlich, als wäre sie in ihrem eigenen Bett.

Was ist mit diesem Kind? Ich dachte, Ophelia hat gesagt, ihr Vater wäre in sie vernarrt gewesen. Ist es einfach normal für ihn, dauernd weg zu sein?

Ich sehe auf die Rückbank der alternden, mit Bargeld gekauften Limousine, die wir benutzen, als wir an einer Kreuzung anhalten, wo Molly schläft, umgeben von ihren Kuscheltieren. Jeder von ihnen sollte nur einen Koffer packen, während ich Daddys Leiche in ein Loch in der Wüste geworfen habe, aber natürlich wollte Molly all ihre Freunde mitnehmen.

Ich wollte nicht mit ihr diskutieren. Sie machte keinen Aufstand, vor dem Morgengrauen ohne ihren Vater irgendwo hinzugehen, und das war es wert, die Rückbank mit einem Regenbogen aus Kuscheltieren zu füllen.

„Also, ich nehme an, Toby hatte keine Lebensversicherung." Ich hoffe nur, dass sie finanziell klarkommen wird, jetzt wo er weg ist.

„Nein, er hat nie viel darüber nachgedacht, was mit uns passieren würde, befürchte ich." Sie seufzt und sieht nach hinten zu ihrer Tochter. „Ich glaube nicht einmal, dass er ein Testament hatte. Ich glaube, ihm hat vermutlich der Gedanke gefallen, dass wir ohne ihn nicht leben könnten."

„Wirst du klarkommen?" Ich sollte das gar nicht fragen. Es geht mich verdammt nochmal nichts an. Ich helfe ihr, wegzukommen. Sie hilft mir, keine Spur zu hinterlassen, indem sie mitkommt. Das ist genug.

Sie ist erwachsen. Sie kann sich um sich selbst und ihr Baby kümmern. Der Großteil meines Jobs hier ist erledigt. Ich werde ein für allemal fertig sein, sobald wir diese Grenze überquert und ein paar Wochen lang Familie gespielt haben.

Aber selbst während ich mir das sage, denke ich an die Bauchgefühl-Entscheidung, mich zwischen sie und ihren Angreifer zu stellen, und weiß, dass die Sache trotz meiner besten Bemühungen bereits ein wenig persönlich geworden ist.

Den Job zu erledigen war trotz des Wetters einfach. Ich bin mit dem Leichensack gekommen, habe ihn in das Loch fallen lassen und dem armen Trottel, der im Regen auf mich gewartet hat, dabei geholfen, ein paar Meter Dreck darüberzuschaufeln. Wir haben ein paar der örtlichen Rosmarinbüsche darüber gepflanzt und uns ohne ein Wort getrennt.

Ich habe mich gemeldet, sobald ich den Van abgeliefert und wieder meine Jeans und meine Lederjacke angezogen hatte. „Hier ist Stone. Es ist erledigt. Keine Komplikationen."

Jacob unterdrückte ein Gähnen. Er war an Anrufe zu verrückten Uhrzeiten gewöhnt und seine Antwort war ruhig und geschäftlich. „Ich schicke das Geld. Ruf in zehn Minuten zurück, wenn du es nicht bekommst."

Fünfhunderttausend Dollar später machte ich mich wieder auf den Weg, um die Damen abzuholen. Jetzt haben wir ein Fünftel der Strecke nach San Diego hinter uns, wo eine zwei-Zimmer-Suite in einem Mittelklasse-Motel auf uns wartet. Und ich versuche mir zusätzlich zu meiner nicht auch noch Sorgen um die Zukunft der beiden zu machen.

„Es wird kein Problem sein. Ich habe ... eine unglaubliche Menge Geld in Tobys Safes gefunden", versichert Ophelia mir, als die Ampel umspringt und wir losfahren. „Stapel aus Hunderten mit diesen Papierbändern. Es ist der Großteil dessen, was in meinem Koffer ist."

„Oh? Wolltest du nichts mitnehmen?" Ich frage nicht, wie viel Geld sie hat, aber es ist ein großer Koffer. Man bekommt eine Million Dollar in einen normalgroßen Aktenkoffer; was sie hat, klingt nach genug, um ihr Leben neu zu beginnen, und das ist gut genug.

„Toby hat all meine Klamotten ausgesucht. Er hat alles Persönliche, mit dem ich kam, entweder weggeworfen oder zerstört. Nichts in meinem Kleiderschrank war nach meinem Geschmack, bis auf ein wenig Nachtwäsche, die Molly ausgesucht hat." Dieser leise, flache Tonfall, den sie benutzt, wenn sie darüber spricht, was dieser Kerl ihr angetan hat, löst in mir den

Wunsch aus, ich hätte ihn an einer wesentlich schmerzhafteren Stelle erschossen.

„Außerdem", sagt sie vorsichtig, wobei das Leben in ihre Stimme zurückkehrt, „hast du nicht gesagt, wir müssten unser Aussehen verändern?"

„Müssen wir. Also werden wir einfach einkaufen, wenn wir uns ausruhen konnten." Sie wird hier und da vermutlich wieder anfangen zu weinen, aber das ist zu erwarten. „Wie schlägst du dich?"

„Ich ..." Sie sieht aus dem Fenster in die vorbeiziehende Wüste. Wir haben den Sturm mit der letzten Stadt hinter uns gelassen und das helle Mondlicht taucht die Umgebung in Silber und Blau. „Ich versuche immer noch herauszufinden, wie sehr ich dir vertrauen kann."

„Na ja, ich nehme an, das ist keine Überraschung. Es ist für mich wirklich dasselbe — immerhin, wenn du mich verpfeifst, dann bin ich erledigt." Ich halte meine Stimme ruhig und leise, für den Fall, dass unsere kleine schlafende Mitreisende aufwacht.

„Wenn ich dich verpfeife, dann sind wir vermutlich beide erledigt und dann wird Molly niemanden haben." Sie zögert, dann sagt sie bestimmt: „Ich wusste, was ich tue. Ich wollte unbedingt von ihm weg, ich hatte keine Angst vor dir."

Wow. „Ich würde sagen, das ist ziemlich skrupellos, aber wie ich bereits gesagt habe, ich glaube nicht, dass du dich schlecht fühlen solltest. Der Kerl verdient Skrupellosigkeit. Ich hätte an deiner Stelle dasselbe getan." Ich kann eine gewisse Schärfe in meiner Stimme nicht verbergen, als ich darüber rede.

„Ich nehme an, wir müssen einfach lernen, einander zu vertrauen." Sie lacht nervös, wobei ihre Stimme zu einem kurzen Quietschen aufsteigt. Sie braucht ein paar Sekunden, um sich danach zu beruhigen und fährt einfach fort mit: „Aber du kümmerst dich, und das hilft sehr viel."

„Du scheinst überrascht zu sein. Ist es mein Beruf?" Ich sage es scherzhaft, aber ihr Lachen wird zu einer Art Schluchzen und klingt dann ab.

„Nein, ich glaube, ich bin einfach nur so ausgebrannt." Sie fährt mit dem Finger über das Fenster, über die Tropfen, die immer noch am Glas hängen. „Viele Frauen in meiner Position hören einfach gänzlich auf, Männern zu vertrauen. Es ist einfacher."

„Und hier bin ich und bitte dich darum, mir zu vertrauen, nachdem ich vor deinen Augen jemanden erschossen habe." Kein Wunder, dass sie keine Ahnung zu haben scheint, was sie denken oder fühlen soll.

„Ja, es ist ein wenig ... schwierig. Aber ... überwiegend gewöhne ich mich immer noch an den Gedanken, dass er weg ist. Ich ... ich hätte nie erwartet, auf meinen eigenen zwei Beinen diese Beziehung zu verlassen." Jetzt ist sie dem Fenster voll zugewandt. Ich sehe, wie ihre Wangen im Spiegelbild des Glases schimmern und mein Herz wird schwer.

„Es ist okay. Wenn wir ankommen, kannst du dich ausschlafen. Der letzte Ort, an dem die Cohens nach mir suchen werden, ist Südkalifornien. Wir können für ein oder zwei Tage durchatmen." Es wäre sicherer, wenn es weniger wäre, aber ich habe es mit einer schockierten Frau zu tun, die sich über ihre nächsten Züge im Unklaren ist.

„O-okay", murmelt sie, dann sieht sie mich an. „Da ist allerdings etwas, das ich nicht verstehe."

„Was denn?" Wenigstens öffnet sie sich und stellt Fragen. So weit vertraut sie mir.

„Wie ... wie ist ein Kerl wie du ... bei deinem Job gelandet?" Sie flüstert es förmlich.

Ich lache. „Oh, das? Na ja ... es ist irgendwie eine lange, hässliche Geschichte. Aber kurz gesagt, ich habe einen Drogendealer in meinem Viertel umgebracht, nachdem er ein Kind von dort entführt hatte. Ich wurde erwischt und musste ins Gefängnis. Dann sind die Cohens aufgetaucht und haben mir ein Angebot gemacht."

„Und es war das oder Gefängnis." Ihre Stimme wird stärker und nachdenklich. „Nur weil du einen Drogendealer erschossen hast."

„Ich war nicht mal da, um den Mistkerl zu erschießen", platze ich heraus. „Aber das Mädchen war zwölf und er hat versucht, sie süchtig zu machen, sodass sie ... immer wiederkommen würde. Ich ... werde nicht weiter ins Detail gehen. Aber du erfasst vermutlich den Sinn."

„Ja, ja, das tue ich." Sie wischt sich die Tränen von den Wangen und verzieht angewidert den Mund. „Also musstest du für sie arbeiten. Keine Wahl."

„Mir mein Leben zu ruinieren, weil ich dort eingegriffen habe, wo es die Polizei nicht tun wollte, war nicht wirklich eine Wahl. Aber du hast recht—ich wollte das nie. Seither spare ich, habe bescheiden gelebt und auf den Tag gewartet, an dem ich einfach aussteigen kann."

Von dem Sturm, den wir hinter uns gelassen haben, ertönt leises Donnergrollen. Es fühlt sich an, als würde er uns verfolgen. Aber die Luft hier ist trockener, er wird abklingen, bevor wir San Diego erreichen.

Ihre Stimme ist immer noch leise, aber sie bekommt einen leicht misstrauischen Unterton. „Wenn du dir nur irgendeinen Mist ausdenkst, damit ich mich besser fühle, dann danke, aber ich hätte lieber die Wahrheit. Toby hat mich mit so einem Quatsch angelockt, aber sobald er mich hatte, hat er damit aufgehört und ich war am Ende verletzt. Also ... bitte sei ehrlich."

Plötzlich wünsche ich mir, ich hätte etwas Stärkeres zu trinken als diesen Klecks Kaffeelikör vor ein paar Stunden. „Ich verarsche dich nicht. Ich weiß, dass ich es verbockt habe, indem ich mich bei diesen Kerlen verpflichtet habe, aber Menschen treffen schlechte Entscheidungen, wenn sie unter so viel Druck stehen."

„Ich weiß", wirft sie ein. „Es tut mir leid, wenn ich skeptisch bin. Aber es ist, wie du gesagt hast — ich stehe unter viel Druck und will keine schlechte Entscheidung treffen." Sie blickt nach hinten auf ihre schlafende Tochter. „Wie ich es getan habe, als ich Toby geheiratet habe. Das einzig Gute daraus sitzt hinter uns."

„Ich verstehe dich. Und ich weiß, dass ich dir in einer Situation wie dieser sagen kann, mir zu vertrauen, aber nur meine Handlungen werden beweisen, dass ich es verdiene. Nichts, was ich sage." Ich rase. Ich merke es und nehme den Fuß vom Gas.

„Ich habe eigentlich keine Geheimnisse wie du." Sie sieht wieder aus dem Fenster. „Ich bin nach Las Vegas gekommen, um Showgirl zu werden, bin als Kellnerin geendet. Ich wollte auf keine Castingcouch, also bekam ich auch keine Auftritte. Toby hat mich aufgesammelt, als ich unten und verzweifelt war."

Mann, je mehr sie von ihm spricht, desto froher bin ich, ihn erschossen zu haben. „Das tun Räuber. Das haben sie mit mir gemacht. Andere Umstände, dieselbe Methode."

Sie beginnt beinahe stumm zu lachen, leises Husten und Kichern bricht die Stille zwischen uns. Natürlich sind ihre Augen wieder feucht, als ich zu ihr herübersehe. „Es ist irgendwie verkorkst, das gemeinsam zu haben."

„Ja. Aber vielleicht bedeutet es, dass wir einander weniger verurteilen werden." Das hoffe ich. Was weiß ich, vielleicht kommen wir nach Kalifornien und sie verschwindet mit ihrem Baby, bevor wir unsere Pläne durchziehen können. Aber ich sage mir immer wieder *so weit, so gut* und hoffe, dass ich recht habe.

„Ich habe nicht versucht, dich zu verurteilen. Nur der ... Job, und den verlässt du bereits." Sie zuckt zusammen, als es irgendwo hinter uns blitzt.

Vielleicht wäre es besser gewesen, wenn ich in Baja bei Jamie und seiner Familie geblieben wäre. Einfach nie zurückgekommen wäre; das Risiko nicht eingegangen wäre. Letztendlich war diese halbe Million aber nötig, um meinen Fluchtplan zu vervollständigen.

Ansonsten wäre ich für sehr lange Zeit Jamies Gast gewesen.

„Ja, tue ich. Ich gehe vorzeitig in den Ruhestand. Die Cohens können mich am Arsch lecken." Ich sage es genauso ruhig wie alles andere und sie unterdrückt ein Lachen.

„So lange sie uns dabei nicht erwischen." Sie schlingt ihre Arme um sich und zittert in dem warmen Auto. „Wenigstens gibt es nichts in Vegas, bei dem ich ein Problem habe, es zurückzulassen."

„Nichts, hm?"

Sie sieht zu ihrer Tochter und lächelt. „Das Kostbarste für mich habe ich bereits bei mir."

Danach nickt sie neben mir für eine Weile weg, erschöpft durch die späte Stunde und all das Drama. Ich bin auch ziemlich müde, also halte ich kurz für ein wenig Koffein an. Ich verbrenne mir innerhalb der nächsten halben Stunde den Mund an Tankstellenkaffee, bis sich der Nebel in meinem Kopf zu lichten beginnt.

Mein Wegwerfhandy vibriert eine halbe Stunde später. Zuerst ignoriere ich es. Lasse sie denken, ich würde in meinem Haus in Las Vegas schlafen. Mit all den Klamotten und Annehmlichkeiten, die ich jetzt zurücklassen muss.

Ich habe nicht erwartet, alles so hinter mir zu lassen, nicht so schnell. Ich habe viel des leichteren Zeugs bereits zuvor verschickt, in Erwartung meiner Flucht—aber nicht alles. Da sind vielleicht Fünfzigtausend in Trainingsausrüstung, Elektronik und Sport-Sammlerstücke in diesem Haus, von denen ich mir wünsche, ich hätte sie mitnehmen können, aber sie können ersetzt werden.

Mein Leben kann nicht ersetzt werden. Ophelia und ihre Tochter — ihre Leben können auch nicht ersetzt werden.

Aber das Handy klingelt weiter.

Schließlich gebe ich auf und halte bei der nächsten Gelegenheit an, um nachzusehen. Keine Nachrichten hinterlassen — nur die Nummer meines Auftraggebers. Fünfmal. Ich steige aus dem Auto aus, lehne mich an die Motorhaube und rufe Jacob zurück.

„Das hat eine Weile gedauert", beschwert er sich, als er abnimmt.

„Manche Menschen schlafen. Was ist los?" Ich schalte das Handy stumm, als ich sehe, wie ein Sattelschlepper auf uns zukommt. Er fährt in einer Staubwolke an uns vorbei und ich muss angestrengt seiner Antwort lauschen.

„Unerledigtes. Die Frau und das Kind sind nicht im Haus. Sieht aus, als hätten sie ein paar Dinge mitgenommen, einschließlich Koffer."

Ich verziehe das Gesicht und lehne mich zurück, wobei ich in den wolkenbehangenen Himmel sehe, der im Osten Anzeichen von Blitzen zeigt. Ich bin nicht gut darin, mir Dinge auszudenken, also verändere ich die Geschichte stattdessen so weit, wie ich es wage.

„Als ich dort ankam, gab es irgendeinen häuslichen Zwischenfall. Ich kenne keine Einzelheiten, aber ich weiß, dass die Frau und ihr kleines Mädchen mit zwei Koffern in einem Taxi weggefahren sind."

Eine Pause. Ich spanne mich an und frage mich, ob er das Loch in der Geschichte entdeckt hat, die ich soeben erzählt habe. Aber nach einer Weile murmelt er nur: „Das erklärt ein paar Dinge. Hast du seine Safes geleert?"

„Mann, ich bin nicht einmal ins Haus gegangen. Warum, hat

sie bei ihm ausgeräumt?" Es braucht nicht viel, um ein Lachen in meine Stimme zu bringen.

„Zwei große. Blitzblank. Ich bin mir nicht sicher, warum die Zielperson es nicht bemerkt hat. Ging es ihm gut?"

„Betrunken." Die Worte fallen von meinen Lippen wie ein Stein in einen Brunnen, dumpf und endgültig.

Er schnaubt. „Na ja, deshalb konnte er sie nicht aufhalten."

„Ja, das würde ich sagen." Ich unterdrücke ein Gähnen. „Gibt es sonst noch was?"

„Nur das. Wie hast du ihn bei diesem Wetter nach draußen bekommen?" Sein Tonfall ist ruhiger geworden, umgänglicher. Als wären wir plötzlich wieder Kollegen, jetzt wo er weiß, dass ich den Job nicht vermasselt habe.

„Nachdem sie gegangen ist, hat er nicht einmal fünf Minuten gebraucht, um seine Pornos anzumachen. Dann habe ich seine Satellitenschüssel sabotiert, damit er rauskommt, um danach zu sehen." Dafür haben sie vermutlich Beweise gefunden.

Ich weiß seit einer Weile, dass die Cohens einen Reiniger schicken, sobald die Tötung erledigt ist, um alle Beweise zu vernichten. Ich wusste allerdings nicht, dass der Reiniger auch mich kontrollieren würde.

Vielleicht hätte ich das tun sollen. Oder vielleicht vermuten sie etwas und haben mich noch nie zuvor so kontrolliert. Ich kann es nicht wissen und der Gedanke lässt meinen Blutdruck in die Höhe schießen.

Sein Lachen klingt plötzlich falsch für mich. „Clever."

„Ich habe meine Momente. Wie auch immer, ich werde erst mal trocken nach dem Wetter. Hast du noch etwas, das nicht warten kann?"

Wie viel wissen sie? Wie genau haben sie kontrolliert?

Sind sie mir zum Haus gefolgt?

Folgen sie mir jetzt?

Nein, es ist ausgeschlossen. Ich habe mich umgezogen, das Auto gewechselt, bin von Ort zu Ort gefahren, bevor ich zurück bin, um die Mädchen zu holen ... Moment. Haben sie das Haus überwacht? Haben sie gesehen, wie ich sie abgeholt habe?

Mein Herz beginnt schnell und stark zu schlagen, aber seine Stimme ist ruhiger denn je, als er antwortet.

„Nichts Dringendes. Der Boss will dich allerdings morgen sehen. Punkt fünfzehn Uhr im Royale. Sitzungssaal, wie üblich." Jetzt ist er wieder geschäftlich.

„Oh. Okay, ich werde da sein." Das gibt mir einen Vorsprung von weniger als zwölf Stunden, bis sie nach mir suchen—falls überhaupt. *Scheiße. Scheiße. Scheiße.*

Er legt auf und ich lehne mich noch eine Weile an das Auto, bis ich meinen Herzschlag unter Kontrolle bekomme. Ophelia ist bereits gestresst genug. Ich werde ihr nicht sagen, was ich herausgefunden habe. Es ist mein Problem.

Aber wir setzen uns besser in Bewegung.

Ich steige zurück ins Auto ein, sehe nach meinen schlafenden Fahrgästen und starte dann den Motor, bevor ich so schnell fahre, wie ich kann, ohne Aufmerksamkeit zu erregen.

Ophelia

Ich schlafe in Nevada ein und wache in San Diego auf, als der Morgen bereits graut. Ich blinzle im grauen Licht und strecke mich so gut, wie es unter dem Anschnallgurt möglich ist.

„Wir sind da", sagt Brian fröhlich, während er sich durch den bereits starken Verkehr kämpft. „Wie geht es dir?"

Ich gehe gedanklich alles schnell durch. Der heiße Fremde neben mir hat gestern Nacht meinen Mann getötet und wir sind mit Tobys Geld geflohen. Ich bin mitschuldig, ich habe ihm geholfen.

Aber es nicht so, als hätte Toby mir nicht jeden Grund gegeben. Einschließlich mich zu bedrohen, weil seine verdammten Pornokanäle nicht funktioniert haben. Ich kann ihm für nichts vergeben.

Kann ich mir selbst vergeben? Werden die Cohens mich in Ruhe lassen?

Ich sehe auf die Rückbank. Molly gähnt und blinzelt mich mit schweren Lidern an. „Können wir Kakao trinken?", fragt sie mit ihrer flötenden Stimme völlig ruhig.

„Sobald wir angekommen sind." Ich lächle erleichtert, als ich Brian wieder ansehe. „Es geht mir gut."

„Okay, das ist gut. Ich bringe euch in das Zimmer und gehe dann Essen holen." Sein Lächeln ist im Sonnenlicht noch umwerfender. Ich verschränke die Finger in meinem Schoß, als mich eine weitere peinliche Welle des Verlangens überkommt.

Dieser Mann hat meinen Ehemann umgebracht und hat mich mit auf seine Flucht vor der Mafia genommen. Jetzt will ich ihn vögeln. Was für eine Frau bin ich geworden?

Verzweifelt. Eine verzweifelte Frau, die sich beschützt, ihr Kind beschützt. Die Tatsache, dass Brian meinen Körper mit nur einem Lächeln zum Kribbeln bringt, ist irrelevant.

„Vergiss nicht den Kakao!", beharrt Molly.

„Werde ich nicht. Versprochen. Es wird nur eine Weile dauern, weil ich mir die Haare schneiden lassen muss." Brian kämpft zum dritten Mal gegen ein Grinsen an, während er mit Molly spricht. Es ist seltsam, es zu sehen. Hier ist ein Mann, der ohne zu zögern den Abzug drücken kann, solange es kein Unschuldiger ist, und hier ist er ... hier ist er und kümmert sich um mein Kind.

Vielleicht mag Brian einfach Kinder. Aber es gibt so viele Unterschiede zwischen seinem Verhalten mit Molly und der Art, wie Toby mit ihr umgegangen ist, dass ich nicht umhin kann, darüber nachzudenken, als wir auf den Hotelparkplatz fahren.

Hat Toby unsere Tochter wirklich gut behandelt? Oder hat er ihr nur Dinge gekauft und sie ignoriert, und verglichen mit dem, was ich durchgemacht habe, erschien es mir als gute Behandlung? Und was tut dieser Mann im Vergleich?

Ist es möglich, dass ein Mörder so freundlich ist? Oder ist es eine Farce, damit ich ihm vertraue? Die Frage taucht immer wieder auf und ich weiß immer noch nicht, wie ich sie beantworten soll.

Aber Gott, ich bin froh, jetzt eine Staatsgrenze zwischen den Cohens und uns zu haben. Ich bin so darauf erpicht, all dieses Chaos hinter mir zu lassen, dass ich nicht einmal frage, was Brian mit Tobys Leiche gemacht hat.

Kein Regen hier. Alles ist trocken und ein wenig versmogt, der frühe Morgenhimmel ist am Rand leicht gelblich. Als ich aussteige und mich strecke, knacken meine Schultern und ich spüre die Prellung auf meinem Wangenknochen, während ich gähne.

Der Schmerz der Prellung führt zur Erinnerung an Tobys Faust, und die Erinnerung an Tobys Faust bringt mich zurück auf den verregneten Rasen und wie meine Ohren nach dem Schuss geklingelt haben und wie ich mich zum Lächeln gezwungen habe, als Toby mich mit sterbenden Augen angestarrt hat.

Bin ich ein schrecklicher Mensch?

Plötzlich treten mir Tränen in die Augen. Es ist mir egal. Vielleicht bin ich das, aber wenn das nötig ist, damit Molly und ich frei sind, dann werde ich das sein. Ich werde so wild und schrecklich sein, wie ich sein muss — einschließlich zu Brian, wenn es dazu kommen sollte.

Aber für den Moment kann ich nur daran denken, mich mit meinem kleinen Mädchen in einem richtigen Bett auszuruhen.

Ich wische mir über die Augen, bevor ich ihr aus dem Auto helfe. Sie blinzelt mich müde an. Ich sehe Sorge in ihrem Gesicht und schenke ihr ein strahlendes Lächeln. „Komm schon, Süße, wir gehen in ein Hotelzimmer, damit wir uns besser ausruhen können."

„Okay." Sie nimmt ihr Kissen und ihren lilafarbenen Teddy,

dann springt sie hinaus, als ich die Tür öffne, und gähnt erneut. „Ich will trotzdem aufbleiben."

„Das ist in Ordnung, aber lass uns duschen und frische Sachen anziehen." Ich nehme das Kissen und ihre Hand, skeptisch wegen des geschäftigen Parkplatzes.

„Nehmt auch all die Stofftiere. Ich tausche nachher die Autos." Brian öffnet bereits den Kofferraum.

„Klar." Ich bin fasziniert, wie Brian so konzentriert bleiben kann, nachdem er die ganze Nacht auf war. Soldaten gewöhnen sich an solche Zeiten — und Auftragskiller müssen irgendwie ähnlich sein — aber als meine Knie zittern und mein Kopf durch meinen unterbrochenen Schlaf pulsiert, bin ich von seiner Kontrolle beeindruckt. „Lass mich nur Molly reinbringen."

Brian trägt mühelos beide Koffer, während er uns die Treppe hinauf in unsere Suite führt. „Klar. Was hättest du gern zum Frühstück? Sind Bagels in Ordnung?"

„Klingt, äh, gut." Ich sehe ihm in die Augen, und jedes Mal ist es so, als würde ich in die Sonne starren. Es wärmt mir das Gesicht und blendet mich und ich muss schnell wegsehen.

Ich glaube nicht, dass ich mir in der Nähe dieses Mannes trauen kann.

Er hat uns eine Zwei-Zimmer-Suite besorgt. Die Hoteleinrichtung in San Diego erinnert mich an Florida: Pastell, seltsam gemischt mit Erdtönen, bogenförmige Eingänge und Deckenventilatoren in jedem Raum. Die Suite riecht leicht nach Lufterfrischer und Cannabis, aber nicht nach Insektenspray, Schimmel oder Dreck.

„Nimm das Zimmer hinten. Ich will der Tür am nächsten sein, für den Fall, dass es Schwierigkeiten gibt." Er sagt es ruhig und leise, aber mir läuft ein Schauer den Rücken hinunter.

„Ich dachte, du hättest gesagt, wir wären hier sicher?", frage ich mit gesenkter Stimme. Molly klettert bereits in das Bett im hinteren Zimmer, die Augen vor Schläfrigkeit fast geschlossen, ihr Wunsch nach Kakao vergessen.

Seine Hand legt sich auf meine Schulter, ich drehe ich mich um und versuche die Wärme zu ignorieren, die in meine Haut eindringt. „Wir sind hier wesentlich sicherer als in Vegas. Aber die Cohens sind nicht dumm, und San Diego hat seine eigenen Probleme."

Mein Mund ist trocken. Ich schlucke schwer und nicke. „Ich ... helfe jetzt, die Stofftiere reinzuholen." Es bringt nichts, sich darüber zu beschweren, große Städte sind nicht sicher. Miami war es nicht, Las Vegas war es nicht. Warum sollte San Diego anders sein?

Als wir die letzten Stofftiere auf das Bett bringen, wo sie Molly umgeben, und Brian los ist, um sich um seine Besorgungen zu kümmern, schließe ich die Tür hinter ihm ab. Ich hake die Türkette ein und schiebe dann einen Stuhl unter die Tür, bevor ich nach Molly sehe und unter die Dusche gehe.

Ich bin geübt darin, unter der Dusche zu weinen, wo ich nicht gesehen und wegen das Wassers vermutlich nicht gehört werde. Diesmal allerdings, als ich die verglaste Kabine betrete, fließen die Tränen nicht. Vielleicht bin ich ausgeweint. Ich habe in den letzten Tagen viel geweint.

Oder vielleicht liegt es daran, dass die Quelle meiner Tränen tot ist, sein vertrocknetes kleines Herz verteilt auf seinem Rasen. Toby...du Mistkerl, du hättest einen langsameren Tod verdient. Aber selbst dieser Gedanke lässt meine Augen nur leicht brennen.

Ich kann nicht wegen ihm weinen. Ich habe keinen Grund mehr, für mich oder Molly zu weinen, seit er tot ist. Also fließen keine Tränen. Aber meine Gedanken drehen sich immer noch.

Ich habe nicht all das Geld gezählt, das ich mit meinen Klamotten und Büchern eingepackt habe. Ich realisiere, dass ich das tun sollte — und definitiv, bevor Brian zurückkommt. Aber als ich aus dem Badezimmer komme und meinen Koffer öffne, sind meine Lider schwer und ich gähne fast die ganze Zeit.

Ich starre all diese Geldbündel an, dann seufze ich und nehme das Spitzen-Nachthemd vom Klamottenstapel und ziehe es an. Ich werde es später zählen. Jeder Stapel enthält zehntausend Dollar und davon gibt es mindestens vierzig Stück, also komme ich damit eine gute Zeitlang klar.

Ich lege mich neben meine Tochter unter die Decke und vergrabe meine Nase in ihrem Haar. Sie wimmert leise und dreht sich dann um, um ihren Kopf unter mein Kinn zu schieben. „Es ist in Ordnung, Süße. Wir sind jetzt frei."

„Okay", ertönt die halbwache Antwort leise an meinem Hals. „Vergiss nur nicht meinen Kakao."

Ich lächle in ihr Haar. Ich weiß nicht mit Sicherheit, ob es ihr gutgehen wird. Sie war die ganze Nacht merkwürdig ruhig bezüglich Toby. Kein „Wo ist Daddy?" oder „Wann gehen wir nach Hause?" ... nichts dergleichen.

Ich dachte, sie hinge ziemlich an ihm. Sie hat mich immer gefragt, wann Daddy nach Hause kommt, wenn er weg war. *Was geht in deinem Kopf vor sich, Liebling?*

Aber ich kann kaum herausfinden, was in meinem vor sich geht. Vertraue ich Brian? Folge ich meinem Verlangen nach ihm und bekomme den Geschmack von Toby endgültig aus meinem Mund? Was tue ich jetzt mit all dem Geld und der Mafia, die möglicherweise hinter mir her ist — und sicherlich hinter Brian?

Als ich in den Schlaf gleite, erinnere ich mich wieder an den Moment, in dem Toby auf mich losging und dieser Mann, dieser Mörder, diese völlig Fremde sich zwischen mich und Toby gestellt und eine Waffe auf ihn gerichtet hat. Die Waffe war Teil seines Jobs. Aber mich vor meinem eigenen Mann abzuschirmen?

Das war eine persönliche Entscheidung. Die Entscheidung,

einzugreifen, auf eine Art, die ich mir jahrelang von jemandem gewünscht habe. Und deshalb bekomme ich ihn nicht aus dem Kopf.

Wer bist du wirklich, Brian? Und warum kümmerst du dich so sehr um eine völlig Fremde?

UNTERBRECHUNG

Carolyn

„Sie waren das, nicht?"

Daniels ist nicht nur betrunken, er ist sturzbesoffen. Er ruft mich um sieben Uhr morgens an, um mich anzuschreien. Er lallt und seine Stimme bricht immer wieder, zusätzlich ist im Hintergrund zu hören, wie die Absätze von Frauenschuhen aggressiv auf dem Holzboden auf und ab gehen.

„Es tut mir leid, Sir, wovon sprechen Sie? Ich bin in Las Vegas und arbeite am Stone-Fall." Ich weiß genau, wovon er spricht. Das harte Zuschlagen eines Koffers im Hintergrund bestätigt es.

Seine Frau geht. Genau jetzt. Prometheus hat genau das getan, was ich erwartet hatte, das er tun würde, und jetzt wird Mrs. Daniels wieder ihren Mädchennahmen annehmen — zusammen mit der Hälfte von allem, was Daniels besitzt.

Und ich bin diejenige, die Prometheus wie einen Hund auf ihn gehetzt hat.

„Sie wissen es — Sie wissen es verdammt nochmal bereits! Ist das Ihre Rache dafür, dass ich Sie im Winter die Küste hochgeschickt habe?" Seine Stimme bricht erneut, wie die eines hysterischen Teenagers.

„Sir, nein. Das tue ich wirklich nicht. Wenn Sie mich etwas beschuldigen wollen, würde ich gerne wissen, um was es geht." Meine Stimme ruhig und gleichmäßig zu halten, wenn ich erschöpft, seinen Mist leid — und irgendwie schuldig — bin, braucht all meine Konzentration.

„Sie haben mich bei meiner Frau verraten! Sie haben diese E-Mail mit all den Anhängen geschickt!" Er klingt beinahe, als würde er gleich weinen.

„Sir, ich habe keine E-Mails geschickt. Ich habe nicht einmal Ihre persönliche E-Mail-Adresse, geschweige denn ihre." Er verdient nicht das Wissen, dass ich es war ... mit der Hilfe eines nachtragenden Hackers. „Das Einzige, was ich letzte Nacht verschickt habe, war das vorläufige Update unserer Akte über Brian Stone. An Ihre *Arbeits*adresse."

Er wird sehr still. Ich kann hören, wie er vor Wut nach Luft schnappt, als seine Frau in zänkischem Tonfall etwas zu ihm sagt, das ich nicht ausmachen kann. „Ich verstehe."

„Tun Sie das, Sir? Denn ich versuche immer noch zu sortieren, warum Sie mich angerufen haben." Ich entspanne mich leicht, als ich erkenne, dass er wirklich keinen blassen Schimmer hat, wer ihn bei seiner Frau verpfiffen hat. Ich weiß nicht, ob er seine überlaute Beschuldigung an jede Frau beim FBI richten wird, die er sexuell belästigt hat ... aber es ist ein guter Tipp.

„Ich verstehe. Sie verfolgen nur eine ... Spur. Ich gebe Ihnen nachher weitere Einzelheiten. Machen Sie weiter." Und er legt so schnell auf, dass ich mein Handy überrascht anstarre.

Ich lasse es auf das Kissen neben meinem fallen und drehe mich mit einem Seufzen um, bevor ich durch das Fenster in das graue Licht starre, das durch die Wolkenschicht hindurchkommt. Es ist ein weiterer warmer, regnerischer Februarmorgen. Ich habe einen Geschenkkarton von Prometheus auf dem Tisch und vermutlich entscheidende Informationen in meinem Postfach, die auf mich warten, und Daniels Frau verlässt ihn wegen seiner dauerhaften Versuche, ihr fremdzugehen.

Abgesehen von dem Schlafmangel und dem Nichtwissen, wo zur Hölle meine Karriere hinführt, scheint es ein verdammt guter Tag zu werden.

Ich sehe erneut herüber zu dem Karton von Prometheus und frage mich, womit er sich die Mühe gemacht hat, es mir zu schicken. Mit Prometheus zu arbeiten ist, als hätte man einen wohlwollenden Stalker: Er macht mich nervös, ist aber voller angenehmer Überraschungen. Ich frage mich, ob er einfach nicht weiß, wie man normal auf Leute zugeht — oder ob er sich zu sehr davor in Acht nimmt, dass ihm seine Privatsphäre oder Freiheit genommen wird, um das zu tun.

Was um alles in der Welt schickt ein Kerl wie er als Geschenk?

Ich stehe auf und ziehe unbewusst an meinem Nachthemd, obwohl ich allein bin. Ich weiß, dass Prometheus genauso wenig im Raum ist wie Daniels, und doch dusche ich und ziehe mich an, bevor ich überhaupt auf den Karton zugehe. Ich werde es leid, nie zu wissen, wo ich mit den Männern in meinem Leben stehe, ungeachtet der Beziehung.

Nicht, dass ich viel über die Art Beziehung weiß, die Daniels haben wollte. Einer der Gründe, aus denen ich nie mit einem Mann geschlafen habe, ist, dass so viele von ihnen mehr oder weniger wie er zu sein scheinen. Mir ist nicht danach, ausgenutzt zu werden oder zu spät herauszufinden, dass es eine Ehefrau gibt. Ich habe einmal einen Schritt in diese Richtung gemacht und werde das nicht erneut tun.

Ich untersuche den Karton. Er sieht wie eine stinknormale Postzustellung aus, nichts neu verklebt, keine Flecken, keine merkwürdigen Gerüche. Ich starre ihn noch kurz an, dann hole ich mein Schnappmesser aus meiner Tasche und schneide den Karton auf.

Darin finde ich drei Dinge: einen unbeschrifteten, hochtechnologisch aussehenden Laptop, ein dazu passendes Handy in einer beinahe gepanzert aussehenden Hülle und eine Notiz. Ich kenne die Handschrift; er hat mir in Massachusetts eine ähnliche Nachricht zukommen lassen.

Liebe Carolyn,

ich weiß, dass Sie es merkwürdig finden müssen, dass ich mich dazu entschlossen habe, über Sie zu wachen. Jedoch kann ich Ihnen nur versichern, dass ich es nicht böse meine — tatsächlich das genaue Gegenteil, und ich beabsichtige, das weiter zu beweisen, bis Sie mir glauben.

Die Geräte sind erheblich sicherer als die Ihnen vom FBI zur Verfügung gestellten und sollten wesentlich effizienter agieren. Sie zu benutzen wird uns eine bessere Verbindung schaffen und wird mir erlauben, Ihnen direkter zu helfen.

Natürlich liegt es an Ihnen, ob Sie sie benutzen oder nicht, aber ich bitte Sie darum, sie nicht loszuwerden, auch nicht durch Verkauf. Es sind Prototypen und nicht für die Benutzung durch die Allgemeinheit gedacht.

Ich öffne das Laptop zögerlich. Es ist klobig, sieht robuster aus als die förmlich biegbaren Modelle, die in letzter Zeit immer beliebter geworden sind. Es schaltet sich stumm ein, ohne irgendwelche Logos von Computermarken oder Betriebssystemen zu zeigen und zeigt so schnell einen Desktopbildschirm, dass ich für einen Moment denke, es sei eine Panne.

Der Bildschirm ist auf ein Minimum reduziert, mit einer Programmliste, die hauptsächlich aus Freeware und ein paar Ordnern zu bestehen scheint. Ich öffne das E-Mail-Programm und verbinde mich mit dem Netzwerk des Motels. Die Geschwindigkeit dieses Computers schlägt mein Laptop bereits um Längen.

Ich kontrolliere das System gründlich und finde neben der merkwürdigen Geschwindigkeit und dem völligen Mangel an Markennennung nichts Seltsames vor, dann kontrolliere ich meine E-Mails darauf. Eine Nachricht von Prometheus wartet auf mich.

Brian Stones Zielperson war Tobias Whitman, ein Buchhalter der Cohens, der erheblicher und offensichtlicher Unterschlagung schuldig war. Er und seine Familie werden der Polizei innerhalb der nächsten Tage als verschwunden gemeldet werden.

Tobias ist tot. Seine Frau und Tochter sind bei Stone, momentan auf dem Weg nach San Diego.

Er ist wieder unterwegs nach Baja California. Aber warum nimmt er die Frau und das Mädchen mit? Geißeln? Ich lese weiter und mein verwirrtes Stirnrunzeln vertieft sich dabei.

Leider haben mir meine Quellen bei den Cohens angedeutet, dass Brian bereits wegen der gezwungenen Art seiner Einstellung, seiner Verweigerung, Unschuldige zu töten und seines kürzlichen sehr langen Urlaubs unter Verdacht steht. Deshalb bin ich mir fast sicher, dass er von einem von den Cohens angeheuerten Auftragskiller verfolgt wird, der sich seiner Lieblingsurlaubsplätze sehr bewusst ist. Der Auftragskiller wird auch die Frau und das Mädchen ins Visier nehmen, da sie Zeugen sind.

Baja California ist natürlich weit außerhalb Ihres Zuständigkeitsbereichs. Allerdings sind zwei unschuldige amerikanische Bürger in Gefahr — und der Auftragskiller, der ihnen nachgeschickt wurde, wird danach wieder in die Staaten zurückkehren wollen, ungeachtet dessen, ob er oder sie erfolgreich ist.

Die unten genannte Adresse ist der Ferienort, an dem Stone unter einem Decknamen bleiben wird. Wenn ich die Identität des Auftragskillers bestimme, werde ich Ihnen diese Information so schnell wie möglich zukommen lassen. Ihr genauer Aufenthaltsort in San Diego kann nicht bestimmt werden, aber Sie können sie vielleicht an der Grenze erwischen.

Viel Glück. Wenn der Auftragskiller, der hinter Stone her ist, der ist, für den ich ihn halte, dann werden Sie es brauchen.

San Diego. Wenigstens ist es ein kürzerer Flug an einen warmen Ort. Ich kann nur hoffen, dass der Kerl, der für Daniels einspringt, dem Ortswechsel zustimmen wird, bevor Stone völlig verschwindet.

7

Brian

ZUM ERSTEN MAL seit langer Zeit wünschte ich, ich könnte mich Jamie gegenüber öffnen und ihn wissen lassen, wovor genau ich in den Staaten flüchte. Es besteht keine Chance, dass das passiert ... aber ich könnte bei meinem momentanen Vorgehen wirklich eine zweite Meinung brauchen. Besonders die Tatsache, dass ich nicht allein vor den Cohens fliehe.

Ich habe immer nach meinem Instinkt gelebt, und der hat mir gesagt, ich solle Ophelia und Molly mitnehmen, damit die Cohens nicht herausfinden, was sie wissen und sie dann umbringen, damit nichts an die Polizei gerät. Das ist bei ihnen Standardprozedur und ich weiß es verdammt gut. Es schien eine gute Idee zu sein, sie mitzunehmen, und eindeutig das Richtige, aber jetzt ...

Jetzt werden die Dinge ziemlich kompliziert. Ich habe eine traumatisierte Misshandlungsüberlebende und ihr rätselhaftes, seltsam belastbares Kind, um die ich mich kümmern muss, und um es noch schlimmer zu machen, kann ich nicht aufhören, an Ophelia zu denken.

Was ich am meisten daran hasse, das Leben auf der kriminellen Seite zu leben, ist zu sehen, wie unschuldige Menschen verletzt werden. Egal, wie ‚opferlos' das Verbrechen ist, ob Drogen oder Glücksspiel oder legale Bordelle, hinter den Kulissen wird immer jemand verletzt. Ich muss das viel zu oft sehen und so tun, als würde es mich nicht quälen.

Dazwischenzugehen, als meine Zielperson Ophelia bedroht hat, war Instinkt. Fünf Stunden auf der Straße damit zu verbringen, immer wieder allein vom Geruch ihres Parfüms einen Ständer zu bekommen, ist ... ein wesentlich weniger praktischer oder logischer Instinkt. So lustig es auch war, mit ihr zu flirten, um die Anspannung zu lösen, meine Anziehung zu ihr beeinflusst mein Urteilsvermögen.

„In Ordnung, Mr. Smith, Sie sind fertig", sagt der Friseur fröhlich. Ich öffne die Augen, um den bunten Salon zu betrachten, dann wende ich mich dem Spiegel zu, um mich mit neuer Frisur anzusehen, wobei meine Augenbrauen in die Höhe gehen.

Es ist genau dasselbe Kastanienbraun wie Mollys Haar. Ich habe Extensions gewählt, um die Länge zu ändern, sodass es nicht so hochsteht. Ich musste dem dünnen, kaum erwachsenen Friseur ausreden, mir die Seiten zu rasieren — zweimal. Ich bin diese modischen Hipster-Haarschnitte leid, die Kerle aussehen lassen, als wären ihre Schädel einen Meter lang.

„Das genügt, danke." Ich lege auf dem Weg nach draußen einen Zwanziger als Trinkgeld auf die Theke, wobei ich mir gedankenverloren andere Kunden ansehe. Der Bürgersteig ist voller Leute in Shorts und Sommerkleidern, die mitten im Winter Bräune zur Schau stellen. Es ist nicht einmal eine dünne Jacke zu sehen. Wir sind zurück im Land der Sonne — nicht so weit im Südwesten, wie ich es gerade gerne wäre, aber nah dran.

Ich habe seit heute Morgen in aller Frühe keine weiteren Nachrichten mehr von den Cohens bekommen. Ich hoffe, dass niemand neugierig geworden ist und bei meinem Haus vorbeigeschaut hat. Ich brauche nur einen Vorsprung von ein oder zwei Tagen, um über die Grenze zu kommen. Ich bezweifle stark, dass die Cohens mir jemanden nach Mexiko hinterherschicken werden. Immerhin sind die Kartelle noch weniger freundlich zu ihnen als rivalisierende Mafiafamilien.

Als ich zurück ins Hotel komme, habe ich neue Klamotten, gefärbtes Haar, einen Termin, um mir am Abend ein Auto zum Barkauf anzusehen und einen Kontakt in der Gegend, der für uns drei an falschen Papieren arbeitet. Für letzteres habe ich einen Arsch voll Geld bezahlt, aber das war es wert. Das Letzte, was wir brauchen, ist, an der Grenze aufgehalten zu werden.

Als ich mit meinen Taschen hereinkomme, ist die Tür zum Schlafzimmer geschlossen. Ein Rascheln und ein Seufzen ist zu hören, dann das dumpfe Geräusch von Ophelias Füßen auf dem Boden, als sie aufsteht. Ich höre ein kratzendes Geräusch, als würden Möbel über den Teppich gezogen. Die Tür öffnet sich und Ophelia späht heraus — dann blinzelt sie mich überrascht an.

Ich lächle sie an. „Was denkst du? Ich habe nicht zugelassen, dass sie mir einen Fade Cut schneiden."

„Die sehen mit glattem Haar sowieso seltsam aus. Sieht gut aus. Aber irgendwie ironisch. Wir haben die Haarfarben getauscht." Sie berührt abwesend ihre blonden Locken.

„Du bist keine Naturblondine?" Ich bin nicht enttäuscht, nur überrascht.

„Ich bin eine Vegas-Blondine, Herzchen. Show-Runner stellen keine Brünetten ein. Und Toby ist wütend geworden, wenn ich auch nur den Ansatz habe herauswachsen lassen." In ihren Augen flackert trauriger Frust auf. „Ich habe darüber nachgedacht, es jetzt wieder zu färben."

„Vielleicht eine gute Idee. Sie werden immerhin nach zwei Blonden suchen, wenn irgendjemand hinter uns her ist." Und je mehr wir sie von unserer Spur ablenken können, desto besser.

Sie trägt ein knielanges, ärmelloses Nachthemd. Es legt sich um ihre Oberschenkel, als sie auf mich zugeht. Ich muss meinen Blick abwenden, sodass er nicht an ihren Kurven hängenbleibt.

„Ich muss dich etwas Wichtiges fragen", sagt sie über mein plötzlich hämmerndes Herz.

„Schieß los." Ich setze mich auf die Bettkante und beginne die Shirts, Unterwäsche und Jeans durchzugehen, die ich gekauft habe, um die Schilder abzumachen und sie für meinen Koffer zu falten. Ich habe genug davon, billige Anzüge zu tragen, wenn ich keine Tarnung trage.

„Wie ... lange werden Molly und ich untertauchen müssen?" Die Sorge in ihrer Stimme grenzt an wirkliche Angst. „Bevor sie nicht mehr hinter uns her sind?"

„Wahrscheinlich nicht lange. Einen Monat, vielleicht zwei, bevor sie annehmen, dass du vor deinem Mann und nicht ihnen weggelaufen bist und entscheiden, dass du keine Bedrohung bist. Danach ... hast du irgendetwas, für das es sich lohnt, nach Vegas zurückzukehren? Denn das ist nicht die beste Idee für dich." Ich hole Socken aus einer Verpackung und nehme die Paare zusammen.

„Nur eine Freundin. Aber sie denkt bereits, ich hätte die Stadt verlassen, um in ein Frauenhaus zu gehen." Sie lächelt, aber ihre Finger sind in ihrem Schoß verschränkt, als würde sie beten.

Ich nicke ... spanne mich aber innerlich an. „Hast du ihr gesagt, wo du hingehst?", frage ich schnell.

„Ich habe gesagt, ich ‚verlasse die Stadt mit Molly und einem

Freund'. Nicht mehr als das." Sie zieht die Augenbrauen zusammen und wird ein wenig blass. „War das schlimm?"

„Vermutlich nicht." Aber eine Sorge wird nur stärker, während ich darüber nachdenke. Theoretisch bestätigt das, was ich den Cohens erzählt habe ... aber was, wenn sie tatsächlich die örtlichen Frauenhäuser kontrollieren?

Mühsam. Riskant. Das Timing muss ihnen verdächtig vorkommen.

Sie zieht einen der Stühle herüber, um sich zu setzen, während wir reden.

„Geht es dir gut?" Das frage ich immer wieder. Aber es scheint ihr nicht gutzugehen—sie scheint nur gut darin zu sein, Dinge zu ertragen.

„Besser als zuvor." Sie setzt sich und verschränkt die Beine. Ich versuche zu ignorieren, wie die Spitze an einem Oberschenkel nach oben rutscht. „Ich habe die Tür blockiert, während du weg warst, habe dann aber realisiert, dass ich nicht wach sein würde, um sie für dich zu öffnen. Stattdessen habe ich die Schlafzimmertür blockiert."

„Blockierst du normalerweise die Tür, wenn du schlafen gehst?", frage ich leise und halte das letzte Paar Socken, ohne dem Zusammenfalten Aufmerksamkeit zu schenken.

„Wenn ich mich sicher fühlen will und nicht dazu gezwungen bin, neben der Quelle des Problems zu schlafen, dann tue ich das, ja. Und ich kenne diese Stadt nicht." Sie wendet nervös den blick ab.

„Du kennst mich auch nicht wirklich. Es ist okay. Wie geht's der Kleinen?" Ich starre erneut ihren glatten Oberschenkel an. Ich kehre wieder zum Sortieren meiner Socken zurück und versuche mich abzulenken.

„Sie hat fürchterlich viel geschlafen. Friedlich. Das ist ... ungewöhnlich für sie. Es gibt mir zu denken." Sie scheint meinen umherstreifenden Blick nicht zu bemerken. Vielleicht ist sie zu müde.

„Hat sie normalerweise einen leichten Schlaf?" *Sie hat auch gemerkt, dass etwas komisch ist. Gut.*

„Wenn ich nicht bei ihr bin, dann wacht sie normalerweise nachts mindestens dreimal auf." Ophelia sieht zurück zur geschlossenen Schlafzimmertür. „Es hat vor ungefähr einem Jahr angefangen."

Und dann bringe ich ihren Vater um und nehme sie und ihre Mutter mit, und plötzlich schläft sie, als würde sie Versäumtes nachholen. Fühlt sie sich fern von dort sicherer?

„Darf ich dich etwas sehr Persönliches fragen?" Ich hole einen Energydrink aus einer der Einkaufstaschen und biete ihn ihr an, bevor ich einen für mich hole.

„Äh, okay." Sie späht durch ihre Wimpern hindurch zu mir und ich lasse beinahe meine Dose fallen. Sie hat keine Ahnung, wie verdammt sexy sie ist, selbst wenn sie gestresst und nur halbwach ist.

Dieser Mistkerl Toby hatte Gold in den Händen und hat sie wie Müll behandelt. Ich huste in meine Faust. „Ich weiß, dass gewalttätige Kerle nicht gewalttätig anfangen. Sie arbeiten sich irgendwie dorthin, üblicherweise über die Jahre. Wann hat er angefangen, dich regelmäßig zu schlagen?"

Ihr fällt die Kinnlade herunter und die Farbe verlässt ihr Gesicht, weshalb ich meine Frage sofort bereue. „Vor ungefähr einem Jahr", sagt sie mit so leiser Stimme, dass ich es, obwohl ich ihr gegenübersitze, kaum hören kann.

Sie zieht die Verbindung im selben Moment wie ich und ihr treten Tränen in die Augen. „Ich habe so sehr versucht, sie vor dem abzuschirmen, was vor sich ging ..."

Oh scheiße. Verdammt, Brian, was hast du getan? Ich strecke eine Hand aus und nehme ihr die Dose ab, bevor sie sie fallen lässt, und nehme sie in meine Hände. „Hey, hey, es tut mir leid. Ich hätte es nicht ansprechen sollen."

Leider sind die Schleusentore bereits geöffnet. Sie vergräbt das Gesicht in den Händen und beginnt zu schluchzen. „Ich bin eine schlechte Mutter! Sie konnte erst schlafen, als wir von ihm weg waren!"

„Kinder sind aufmerksam. Es ist nicht wirklich deine Schuld ..." Ich versuche es, aber sie hat ihr Gesicht jetzt auf den Knien und zittert und weint hemmungslos.

Gute Arbeit, sie zu zerbrechen, Blödmann. „Heilige Scheiße. Es tut mir leid. Komm her. Es wird alles wieder gut." Ich nehme sie in die Arme und ziehe sie auf dem Bett auf meinen Schoß. Sie vergräbt ihr nasses Gesicht an meinem Hals und klammert sich schniefend an mich.

Sie riecht so gut. Zitronig und süß, irgendein teures Duschgel, das vermutlich in Glasflaschen mit Metallpumpen verkauft wird. Darunter der warme Duft einer Frau, wodurch ich sie nur umso mehr will.

Ich halte sie und murmle tröstende Worte und bete, dass ich das Richtige tue. Sie scheint sich zu beruhigen. Ich hoffe nur, dass sie nicht bemerkt, was es mit meinem Körper macht, sie so nah bei mir zu haben. Der Schritt meiner Jeans fühlt sich drei Größen zu eng an.

„Es ist okay", sage ich. „Du bist frei, du bist weg von ihm und bald wirst du auch frei von den Cohens sein. Du und deine Tochter seid sicher. Ich werde nicht zulassen, dass euch etwas zustößt."

Ich weiß nicht wirklich, ob ich dieses Versprechen halten kann. Ich konnte es meiner Mutter gegenüber nicht halten. Aber auf der anderen Seite ... war ich zu dieser Zeit ungefähr in Mollys Alter.

Die Erinnerung nagt flüchtig an mir. Ich habe Moms Grab in

Montana seit Monaten nicht mehr besucht. Ich würde es öfter tun, aber mein alter Herr wohnt immer noch in dieser winzigen Stadt, betrinkt sich und jammert darüber, dass sein Sohn ihn nicht liebt.

Das tue ich nicht. Aber niemand in dieser Stadt, niemand der meine Mutter kannte und weiß, was passiert ist, nimmt mir das übel. Nur er — denn nie ist etwas seine Schuld. Nicht einmal Mord.

Ich halte Ophelia, bis ihre Tränen aufhören und ignoriere die Wellen der Lust, wenn sie sich auf meinem Schoß bewegt. Es dauert eine Weile, aber am Ende hat sie die Arme um mich gelegt und zittert nicht mehr. Ich streiche ihr über das Haar, und als sie schließlich den Kopf hebt, wird sie rot und sieht beschämt aus.

„Es tut mir leid", murmelt sie und ich lege einen Finger auf ihre weichen Lippen.

„Shh. Es ist okay. Du bist okay. Man muss sich nicht dafür schämen, wegen so etwas zu weinen." Ich möchte ihre Lippen mit meinem Finger streicheln, ziehe ihn aber stattdessen weg und tippe ihr sanft auf das Kinn.

Sie lächelt mich schüchtern an und bewegt sich nicht weg. Aber dann fällt ihr Blick und sie schluckt. „Woher ... weißt du so viel? Über das, was Toby getan hat. Über ... all das."

„Meine Mom", sage ich schlicht. Ihre Augen werden groß. Ich nicke und führe es nicht weiter aus. „Du musst verstehen — Kinder werden bemerken, wenn es ein Problem gibt. Selbst kleine Kinder. Sie wissen vielleicht nicht, was los ist, aber sie fühlen es. Ich wusste nicht genau, was mein Dad getan hat, als ich ein kleiner Stöpsel war, aber ich wusste, dass meine Mom Angst vor ihm hatte und immer traurig war. Und ich wusste, dass es seine Schuld war. Aber ich wusste nicht, wie ich danach fragen oder was ich tun sollte."

Ich habe mein ganzes Leben lang niemandem davon erzählt. Mein Magen zieht sich zusammen, aber sie entspannt sich. Es scheint zu helfen, die Dinge aus dem Blickwinkel des Kindes zu sehen — selbst wenn das Kind jetzt ein großer Kerl ist, der töten kann und sie beschützen will.

Dann umarmt sie mich so fest, dass ich für einen Moment erstarre, unsicher darüber, wie ich reagieren soll. „Danke", flüstert sie an meinem Hals — und ich kann es bis in meine Zehen hinein spüren.

„Es ist okay, Süße, wirklich. Er ist weg. Ich war bisher nur einmal froher, einen Mann getötet zu haben — aber es ist wichtiger, dass ich dich und Molly von ihm weggeholt habe, bevor ..." Meine Kehle schnürt sich zu und ich verstumme.

Sie hebt langsam den Kopf, ihre Augen sind hell und sanft, als sie in meine sehen. Ich kann sehen, dass sie versteht. Vielleicht nicht völlig, aber genug, um es zu wissen. Es hat keinen Erwachsenen in der Nähe gegeben, um meiner Mutter zu helfen.

„Also deshalb ...", flüstert sie und sieht zu mir auf, als wäre sie völlig geblendet.

„Ja." Da die Krise und das Weinen vorbei ist, werde ich mir immer mehr ihres Körpers an meinem bewusst, ihrem schnellen Herzschlag an meiner Brust, ihrem Duft, der mir in die Nase steigt. Meine Hand in ihrem Haar ist bewegungslos und hält die Rückseite ihres Kopfes.

Als sie sich nach vorne lehnt und schüchtern ihre Lippen auf meine presst, explodiert das Verlangen in mir und alles andere verschwindet aus meinem Kopf.

8

Ophelia

MANCHE ENTSCHEIDUNGEN KÖNNEN NICHT ZURÜCKGENOMMEN WERDEN. Man kann nicht sehr gut behaupten, dass man nicht beabsichtigt hat, jemanden zu küssen.

Aber noch nie hat ein Mann so darauf reagiert, zum ersten Mal geküsst zu werden, wie Brian es tut. Er erschaudert, als hätte er seit Monaten keine Frau berührt, sein Griff um mich wird fester und er stößt ein leises Geräusch aus, das wie ein Schnurren klingt, als seine Lippen beginnen, meine zu liebkosen.

Scham, Schuld, Angst — all das löst sich auf, während wir uns küssen, die Körper zusammengepresst, meine Oberschenkel auf seinem Schoß. Ich erinnere mich nicht einmal daran, wann das passiert ist oder wann seine Hände begonnen haben, mich über meinem Nachthemd zu berühren.

Ich wimmere an seinem Mund, als er meine Zunge mit

seiner berührt. Mein Atem stockt für einen Moment, als seine Hand meinen Oberschenkel hinaufgleitet. Tief in meinem Kopf sagt eine kleine Stimme: „*Toby ist kaum tot und dieser Mann hat ihn umgebracht*", und für einen Moment lässt es mich innehalten.

Aber dann lehne ich mich wieder heftig in den Kuss, trotzig, als würde ich die Erinnerung an Toby attackieren. *Gut. Ich will, dass er verschwindet — besonders die Erinnerung daran, wie er mich berührt hat. Ich werde meinen Kopf stattdessen mit Erinnerungen an Brian füllen.*

Seine Hand gleitet meinen Oberschenkel ganz hinauf und unter mich, wo er meinen inneren Oberschenkel auf eine Art drückt, die mich kribbeln lässt. Ich trage keinen Slip. Befangenheit trifft mich für einen Moment, als seine Finger über meine bereits feuchte Haut rutschen. Es ist mir egal, ob ich im Moment nuttig wirke — solange er nur nicht aufhört.

Er nimmt mich erneut in die Arme und beginnt sich umzudrehen, dazu bereit, mich auf dieses Bett zu legen. Ich werde schwach, nicht nur bereit, sondern beinahe mich danach sehnend, seine nackte Haut auf meiner zu spüren. Aber er hat mich kaum hingelegt, als ein leiser Ruf aus dem anderen Zimmer ertönt.

Wir erstarren beide. Brians Griff lockert sich und er unterbricht den Kuss, um zur Tür zu sehen.

„Mommy?" Mollys Ruf ist hoch und nervös. Keine Überraschung: fremdes Schlafzimmer, unbekannte Umstände.

Plötzlich verlegen setze ich mich auf, während Brian sich zurückzieht und aufsteht. Ich kann Enttäuschung in seinen Augen sehen, aber er tut es so würdevoll und setzt sich auf den Stuhl, den ich zurückgelassen habe. „Hier draußen, Süße. Es ist alles in Ordnung."

Ich stehe auf, ziehe mein Nachthemd wieder meine Oberschenkel hinunter und gebe Brian einen entschuldigenden

Wangenkuss auf dem Weg, um mein Baby zu trösten. Ich öffne die Tür und sehe sie auf dem Bett sitzen, wo sie so viele Stofftiere festhält, wie ihre Arme halten können und mich anblinzelt. „Ich bin aufgewacht und du warst weg", piepst sie besorgt.

„Ich war nur im Zimmer nebenan, Süße." Ich klettere zu ihr ins Bett und lege einen Arm um sie. Sie lehnt sich an mich und entspannt sich.

„Okay. Lass mich nur nicht zurück. Ich will nicht allein sein." Ich kann Tränen auf ihren Wangen sehen und umarme sie fester.

„Das wird nie passieren, Molly. Versprochen." Ich küsse ihre Schläfe und sie lächelt.

Was Brian angeht ... Ich werde zu unserer kleinen ‚Unterredung' zurückkehren, wenn sie das nächste Mal schläft.

Es dauert den Rest des Tages, um alles für unsere Reise nach Mexiko vorzubereiten. Brian führt mich herum, kauft mir neue Klamotten und Schuhe, lässt mir die Haare glätten und zu ihrer ursprünglichen Farbe zurückfärben. Es fühlt sich an, als kehrte ich zu mir selbst zurück: mein altes Haar, mein altes Outfit aus Jeans und einer fließenden Bluse, Unterwäsche, die mir nicht absichtlich halb in den Arsch rutscht.

Molly bekommt ebenfalls neue Sachen, obwohl sie mehr von sich mitgebracht hat. Ich will nicht, dass sie sich ausgeschlossen fühlt — allerdings ziehe ich die Notbremse, als sie sich beim Friseur die Haare pink färben lassen will. Brian findet einen orangefarbenen Hund für ihre Sammlung aus Stofftieren und sie rennt den Rest des Tages damit und mit ihrem vor Liebe abgenutzten violetten Bären herum.

Eine Sorge nagt an mir, während wir herumlaufen. Ich trage immer noch das Kribbeln mit mir herum, die Brians beinahe verzweifelten Küsse in mir zurückgelassen haben. Wird er mich weniger mögen, jetzt wo ich nicht mehr auf den Vegas-Showgirl-Glamour aus bin?

Er sieht mich allerdings immer noch mit diesem Schimmern in den Augen aus und er ist mir immer noch nah, so oft er kann, als würde es ihn magnetisch zu mir hinziehen. Das beruhigt meine Zweifel und ich genieße die Freiheit, zum ersten Mal seit meiner Hochzeit in flachen Schuhen und bequemen Klamotten unterwegs zu sein.

Ich weiß nicht, wie ich es je geschafft habe, Molly in diesen verdammten Stripper-High Heels hinterherzulaufen, auf die Toby immer bestanden hat. Meine Füße schmerzen an Stellen, die ich nicht gewöhnt bin, aber das ist es wert.

Molly lächelt, lacht und ist erfrischt, da sie ausnahmsweise einmal ausreichend Schlaf bekommen hat. Sie spricht mit ihrem neuen Hund und rennt im Park umher, wo wir für ein spätes Picknick-Mittagessen Halt machen. Und niemals — nicht einmal — spricht sie von ihrem abwesenden Vater.

Wie viel weißt du, Kleine? Wie viel hast du durch Körpersprache, mysteriöse blaue Flecken und weit entfernte Streits mitbekommen? Ich werde mit ihr darüber sprechen müssen ... aber bis wir uns mehr erholt haben, scheint es keine gute Idee zu sein.

Ich bin froh, dass Brian es versteht — wirklich versteht — auf eine tiefe Art, die ich mir nie hätte vorstellen können. Ich bin mir fast sicher, dass seine Mutter durch die Hand seines Vaters gestorben ist, und er wollte keine Einzelheiten ansprechen. Natürlich wollte er das nicht.

Bei Sonnenuntergang bringt er uns zu einem kleinen Parkplatz am Stadtrand, um das neue Auto abzuholen. Er lässt uns im alten warten, während er mit dem langgliedrigen Rotschopf in dem schmuddeligen Arbeitsoverall verhandelt, der sich lässig an das große, klotzige Fahrzeug lehnt. Ich halte Mollys Hand die ganze Zeit und versuche die Fremden zu ignorieren, die auf dem dreckigen Bürgersteig in der Nähe vorbeigehen.

Die beiden reden für ein paar Minuten wie alte Freunde, wobei der große Fremde grinst und mit dem Kopf nickt. Brian zeigt auf das Auto, in dem wir sitzen. Der Mann nickt und hebt drei Finger. Für nur einen Moment, während ich dieser zwielichtigen Abwicklung an diesem zwielichtigen Ort zusehe, werde ich erneut daran erinnert, dass mein Semi-Held und Lustobjekt versuchen mag, in Rente zu gehen ... aber er ist trotzdem ein Krimineller.

Ich bin eine fürchterliche Menschenkennerin. Das weiß ich daher, wie ich mich von Toby habe einlullen lassen. Was, wenn ich mit Brian auch falschliege? Was, wenn er nicht das Auto verkauft ... sondern uns?

Nein, das ist lächerlich. Ich bin paranoid. Ich weiß bereits, dass er um Längen besser ist, als Toby sich je hätte träumen können.

„Geht es dir gut, Mommy?", fragt Molly an meinem Ellbogen. „Tut dein Gesicht weh?"

Meine Hand landet auf dem beinahe verblassten Bluterguss. Ich wusste nicht einmal, dass sie es unter meinem Make-up bemerkt hat. Betrübt schüttle ich den Kopf. „Nein, es ist fast verheilt. Es wird wieder, Liebling."

Sie nickt mit einem winzigen, nachdenklichen Stirnrunzeln und blickt dann zu Brian, als er dem Mann einen dicken Umschlag reicht, der hineinspäht und dann erneut mit dem Kopf nickt. „Hat Brian uns vor Daddy gerettet?"

Mir rutscht das Herz in die Hose. Ich bin nicht bereit hierfür. Aber hier ist sie und fragt mich, und ich muss eine Antwort geben, die sie nicht ausflippen lässt, aber auch keine Lüge ist.

„Ja", murmle ich, als Brian gerade dabei ist, zu uns zurückzukommen. „Ja, hat er. Wir werden irgendwo hingehen, wo Daddy uns nicht finden kann."

Sie weint und tobt nicht, sie sieht nur feierlich zu mir auf. „Ich bin froh. Er war gemein und hat dir wehgetan."

Ich schließe meine tränenerfüllten Augen und nicke stumm, da ich zu überwältigt bin, um zu sprechen.

9

Brian

Es ist ein warmer Abend, selbst für San Diego, als wir uns der langen Schlange am Grenzübergang anschließen. Die riesige alte Ford Limousine, die Jamies Kumpel Willy mir verkauft hat, ist verschrammt und hässlich, aber sie läuft rund und ist Innen bequem. Molly plappert auf der Rückbank, während wir darauf warten, an die Reihe zu kommen.

Ich bin nicht allzu besorgt, dass die Sicherheitsbeamten unsere neuen Ausweispapiere durchsehen werden. Sie sind von guter Qualität und wir geben allen Anschein, eine typische amerikanische Familie zu sein, die dem kalten Wetter entflieht, indem sie Urlaub macht. Außerdem ... normalerweise ist es die Rückkehr in die USA, die das Problem ist, und das plane ich in den nächsten Jahren nicht, wenn überhaupt.

„Wo wirst du nach dem Ferienort in Baja hingehen?", fragt

Ophelia mich, während sie Molly eine geöffnete Flasche Orangensaft reicht.

„Ich habe ein Haus. Ich arbeite seit Jahren daran — es ist mein Zufluchtsort von allem. Es liegt vor der Küste in internationalen Gewässern. Es ist noch nicht fertig, ansonsten könnten wir einfach dorthin." Ich habe bisher überlegt, ob ich ihr von der Insel erzählen soll, aber nach diesem Kuss ... nach all den hässlichen Geheimnissen, die wir miteinander geteilt haben ... Ich will sie nicht gehen lassen.

Ich weiß, dass ich nicht klar denke. Es ist mir egal. Aber ich arbeite daran, sie und ihr kleines Mädchen einzuladen, mit auf die Insel zu kommen, von der ich einmal geglaubt habe, ich würde dort alleine leben Ich weiß nicht, ob es für immer ist. Wenn wir Glück haben und den Monat in Baja miteinander auskommen, dann kann es das vielleicht sein.

„Du hast eine private Insel?" Ihre Augenbrauen wandern in die Höhe, während ich ein Grinsen zurückhalte. Ich weiß bereits, dass es nicht viel mehr als wirkliche Freundlichkeit braucht, um Ophelia nach all dem zu beeindrucken, was sie durchgemacht hat, aber es ist erfreulich zu sehen, wie sie von etwas umgehauen ist, das ich erreicht habe.

„Na ja, sie ist nicht sehr groß oder luxuriös, aber sie hat alles Notwendige, und in einem Monat werde ich ein Haus mit Windrad, Solaranlage und wasserbetriebener Elektrizität haben." Außerdem erstklassige Sicherheit, Lebensmittel und Vorräte für ein Jahr, Funkkontakt mit dem Festland und einen Steg für mein Boot. „Wenn alles funktioniert, führe ich dich herum."

„Das würde mir gefallen." Ophelia blinzelt immer noch nicht ausreichend und ich lache, während ich mich wieder darauf konzentriere, auf den nächsten Platz in der Schlange zu fahren.

„Hast du darüber nachgedacht, was du danach tun willst?" Vielleicht ist es zu früh, das zu fragen. Aber ich habe Hoffnung, dass ich ihre Meinung von mir so weit verbessern kann, dass sie blieben wollen wird.

„Ich ... weiß es einfach nicht. Ich habe immer gedacht, dass es in den Staaten sein würde, wenn ich wegziehe. Und ich nehme an, dass das immer noch sein kann, aber ... ich weiß noch nicht wo oder wie." Sie nimmt einen Schluck aus ihrer eigenen Flasche. „Ich nehme an, ich werde einen Monat haben, um es zu regeln."

„Keine Familie?" Sie verhält sich nicht so, als würde sie jemanden zurücklassen. Soweit ich weiß, hat sie nur eine Nachbarin angerufen. Ich hoffe, dass sie ehrlich damit war, ihrer Freundin nicht gesagt zu haben, wo sie hingeht oder mit wem. Aber auf der anderen Seite hatte sie zu diesem Zeitpunkt nicht viele Informationen zum Weitergeben.

„Niemanden, der eine Rückkehr wert wäre", murmelt sie nach einem Moment, wobei sie meinen Blick auf eine Art meidet, wie man es tut, wenn das Thema hässlich wird.

„Ich verstehe." Ich frage mich, ob ihre Familie so dramatisch war wie meine, aber ich hüte mich, danach zu fragen. Sie entspannt sich, als ich nicht nach Details frage. „Der Ferienort ist etwa zwei Stunden die Küste hinunter."

Ich sage nicht, dass ich immer noch ein klein wenig nervös bin wegen des Grenzübergangs. Ich sage ihr nicht, dass ich ein wenig mehr angespannter bin, mit jeder Autolänge, die wir vorfahren und dem Grenzübergang näher und näher kommen. Mein Magen dreht sich. Ich habe mich nie damit wohlgefühlt und habe vor so kurzer Zeit die Grenze überquert, dass ich besorgt bin, dass mich jemand trotz meines veränderten Aussehens erkennt.

Aber das ist lächerlich. Wie stehen die Chancen, dass dieselben beiden Kerle auch in dieser Schicht arbeiten? *Beruhige dich.* Wir sind fast durch. Und dann muss ich mir keine Sorgen mehr machen, dass mir die Cohens jemanden hinterherschicken.

Zumindest ... ist das eine *überwiegend* sichere Annahme. Ich habe die Reservierungen unter dem falschen Namen auf meinem neuen Ausweis gemacht, den ich noch nie zuvor benutzt habe. Nicht viele Leute wissen, dass ich in Baja Urlaub mache — und ich bezweifle, dass es irgendeiner von den Cohens weiß oder weiß, wen man diesbezüglich fragen muss.

Das ist der riskante Teil. Genau hier. Wenn ich nach Mexiko komme, wird alles gut sein. Einfach ruhig bleiben.

„Es ist heiß hier. Der Regen ist weg." Molly presst ihre Wange an das Fenster und späht hinaus. Im Auto neben uns sitzt ein älterer Golden Retriever auf der Rückbank, der hüpft und wackelt und am Fenster kratzt, als er sie sieht. „Ooh, großer Hund! Ich mag es hier."

„Dir wird es besser gefallen, sobald wir zum Ferienort kommen", verspricht Ophelia ihr fröhlich, dann unterdrückt sie ein Gähnen. „Obwohl ich denke, dass wir hauptsächlich schlafen werden, wenn wir dort ankommen. Oder ich werde es tun."

„Ich bin nicht müde", beharrt Molly, bevor sie selbst gähnt. „Oh, ups."

Ich kann nicht umhin zu lächeln, als ich wieder ein Stück vorfahre. Zwei weitere Autos und dann werden wir in Mexiko sein, dann kann ich mich ein wenig entspannen. Und dann ...

Ich frage mich, ob Ophelia es sehr stören wird, wenn ich ihren Schlaf für eine Weile störe. Mein Lächeln wird ein wenig breiter.

Ich bin fast entspannt genug, um problemlos durch die Sache durchzukommen, als sich die Haare in meinem Nacken aufstellen. Ich fühle mich plötzlich, als würde ich beobachtet, und ich weiß nicht warum. Ich sehe mich sowohl unter den

Leuten und den Kameras um, aber weder Augen noch Linsen sind auf mich gerichtet. Also warum dieses Gefühl?

„Was ist?" Ophelia betrachtet mich genau.

Ich musste die Waffe loswerden, mit der ich den Mord erledigt habe. Ich habe ein geheimes Lager auf der anderen Seite der Grenze, wo ich mich bewaffnen kann, aber bis ich dorthin komme, habe ich nichts außer einem Stiefelmesser. Ich sehe mich immer wieder mit zusammengekniffenen Augen um. „Ich weiß nicht. Vielleicht ist es die Überquerung der Grenzkontrolle, die mich beunruhigt."

„Ich bin auch ein wenig nervös", murmelt Ophelia und berührt leicht meinen Arm.

Ich nicke und tätschle ihre Hand, während ich angespannt lächle. Aber ich kann mich nicht entspannen und kann nicht mehr so überzeugend so tun, als wäre ich entspannt. Ich war schon immer ein schlechter Lügner und meine schauspielerischen Fähigkeiten haben ihre Grenzen.

Molly spielt ‚Kuckuck!' mit dem sehr aufgeregten Hund, während die Rentner auf den vorderen Sitzen lachen und strahlen. Überall um uns herum warten schläfrige Touristen darauf, an die Reihe zu kommen. Nichts Außergewöhnliches.

Ich habe die Grenze bei San Ysidro schon ein Dutzend Mal überquert. Man zeigt seinen Pass, füllt eine Einreiseerlaubnis aus und fährt dann durch. Sie wollen wissen, wo man hingeht, was bedeutet, dass ich ihnen den Namen des Ferienorts nennen muss.

Ich überlege, ob ich lügen oder allgemein bleiben und einfach nur sagen soll, dass wir nach Baja fahren. Aber ich bin bereits an meiner Grenze. Es ist wichtig, echt zu wirken, und es nichts Verdächtiges daran, an einen Ferienort zu gehen. Außerdem ist es nicht so, als würden die mexikanischen Behörden nach mir suchen.

Also beiße ich in den sauren Apfel, als wir an der Reihe sind und fülle das verdammte Formular aus, während Ophelia ihres neben mir ausfüllt. Ich kontrolliere genau, dass die Namen von unseren Ausweisen auf den Formularen stehen und nicht unsere echten, dann reiche ich sie dem dünnen jungen Mann mit gewaltigem Schnurrbart, der sie überfliegt, dann abstempelt und uns durchwinkt.

Und das war's. Eine Minute später sind wir unterwegs nach Tijuana, ohne jegliche Probleme. Molly winkt dem Hund zum Abschied zu und wir fahren los.

Aber das Gefühl, beobachtet zu werden, folgt mir nach Mexiko und verblasst auch nach mehreren Minuten nicht.

10

Ophelia

DER FERIENORT in Ensenada ist Lichtjahre von Vegas entfernt. Kein Neon, keine Menschenmengen, und obwohl es hier nicht viel wärmer ist als zu Hause, fühlt sich die feuchte Brise wie eine Liebkosung an. Das Zimmer wurde im Voraus bezahlt und wir haben vorher angerufen, also haben sie unsere späte Ankunft unaufwendig akzeptiert. Jetzt stehe ich auf einem breiten Stuck-Balkon, blicke auf den Pazifik und lasse mich von der Erleichterung überkommen.

Wir sind davongekommen.

Im Moment ist alles sehr ruhig. Molly schläft wieder, in ihrem eigenen Zimmer am anderen Ende der Suite. Ich bin vor ein paar Minuten aufgewacht. Brian hat eine Nachricht hinterlassen, dass er unterwegs ist, um uns Burritos zu holen. Ich weiß nicht, wo er sie kurz vor Mitternacht zu finden plant, aber er kennt die Gegend wesentlich besser als ich.

Ich vertraue ihm, dass er das regelt. Vielleicht vertraue ich ihm zu sehr. Verlasse mich zu sehr auf ihn. Aber bisher musste ich das — und bisher hat er jedes Mal Wort gehalten.

Dann ist da die Sache mit dem Kuss ... und wo er fast hingeführt hätte. Wenn er zurückkommt, wird Molly schlafen und wir werden zum ersten Mal seit Tagen allein und sicher sein. Der Gedanke lässt meinen Bauch flattern.

Ich wollte noch nie zuvor in meinem Leben jemanden so sehr. Mit Toby war es nur Pflicht und Friedensangebot. Das hier ist ein unglaublich tiefes Verlangen, so grundlegend und wesentlich wie das Bedürfnis nach Wasser oder Luft.

Was bedeutet, dass es mein Urteilsvermögen trübt, genau wie es die Verzweiflung bei Toby getan hat. Das ist gefährlich. Ich muss clever sein. Molly zuliebe, wenn schon nicht für mich.

Aber ich scheine die taumelige Erwartung nicht davon abhalten zu können, in mir zu brodeln. Meine Brustwarzen sind hart, meine Mitte sehnt sich danach, gefüllt zu werden. Es wird schwer, an etwas anderes zu denken, geschweige denn die Gefühle abzuwehren.

Ich weiß nicht, wie lange Brian tatsächlich schon weg ist, aber gerade als ich beginne, mir Sorgen zu machen, rasseln Schlüssel im Schloss der Eingangstür. Er sieht müde aus und kommt nicht nur mit einer vollen Papiertüte mit Fettflecken, sondern auch mit etwas unter dem Arm herein, das wie eine Truhe aussieht. Er schenkt mir ein Lächeln, als er die Tür hinter sich abschließt und dann zu dem kleinen Tisch geht, um beides abzustellen.

„Was ist das?", frage ich, den Blick auf die Box gerichtet. Sie sieht alt und ramponiert aus, die Wüstentarn-Lackierung blättert ab und ist verkratzt.

„Versicherung", erwidert er und lädt die Tüte auf dem Tisch aus. Das erste ist ein in Alufolie gewickelter Burrito, der so riesig ist, dass er mit einem hörbaren Aufprall auf der Tischplatte landet. „Nur für den Fall, dass etwas passiert."

Ich löse meine Blick von den überdimensionierten Gerichten, die er auspackt und greife nach dem Schloss. Er legt eine Hand über meine. „Weißt du, wie man eine Waffe benutzt?", fragt er mit plötzlich ernster Stimme.

„Oh." Ich lasse meine Hand sinken. „Nein, ich weiß kaum, wo die Sicherung ist."

„Willst du es lernen?" Sein Blick fängt meinen und ich halte inne, um tatsächlich darüber nachzudenken.

„Vielleicht. Könntest du sie bis dahin irgendwo hintun, wo Molly nicht herankommt?" Natürlich wird er sich ohne Waffe nicht sicher fühlen. Allerdings frage ich mich, ob ich mich damit sicherer oder *weniger* sicher fühle.

Aber ich fühle mich definitiv mit ihm in der Nähe sicherer, auch wenn wir in ein anderes Land flüchten mussten, um seinen ehemaligen Arbeitgebern zu entgehen.

„Natürlich." Er stellt die Truhe auf ein Regal über dem Fernseher und wir stellen alle Möbelstücke außer Reichweite, auf die man steigen kann. Molly ist klein, aber flink und entschlossen. Dann lässt er sich auf einen Stuhl am Tisch fallen. Er knarzt unter seinem Gewicht, als er einen Burrito nimmt und das eine Ende aufwickelt.

Der herzhafte Duft steigt mir in die Nase und mir läuft das Wasser im Mund zusammen. Ich setze mich ihm gegenüber, als er einen großen Bissen nimmt. „Ich kann nicht glauben, dass du so spät ein offenes Restaurant gefunden hast."

„Nicht so schwer. Wir sind hier nicht gerade auf dem Land." Er zwinkert und schiebt einen der Burritos in meine Richtung. „Hier, nimm das in den Mund. Wenn du denkst, du schaffst es."

Ich rolle mit den Augen und nehme den Burrito. „Du *musstest* den Witz einfach machen, oder?" Ich wickle das Ende auf und nehme einen Bissen: heiß, fleischig und gerade würzig genug, um ein wenig zu brennen. Perfekt.

„Ja, na ja, ich bin praktisch zwölf, wenn es um solche Witze geht. Sorry." Es tut ihm nicht leid und ich pruste nur und schüttle den Kopf.

„Ich werde überleben. Molly hätte das sowieso nicht verstanden." Ich versuche nicht zu schnell zu essen, aber genau wie mein Hunger nach ihm, fühlt sich mein Magen wie eine leere Höhle an. Ich verstumme für eine Weile, während ich ein paar weitere Bissen esse.

„Schläft sie?" Es liegt ein schwaches Funkeln in seinen Augen, als er einen weiteren riesigen Bissen nimmt.

„Ja, tief und süß. Sie schläft nie so." Ich bin gleichzeitig dankbar und beschämt. Wie konnte ich nicht bemerken, wie sehr sie das traf, was Toby tat? Vielleicht hat mich der Umgang mit ihm zu sehr gestresst, um vernünftig zu denken.

„Oh, gut", sagt er, ohne es weiter auszuführen, während sich dieses ungezogene Lächeln auf seinen Lippen breitmacht und er erneut abbeißt.

Oh. Ich schlucke und merke, wie meine Wangen kribbeln, während ich meine Oberschenkel unter dem Tisch zusammenpresse. Ich weiß nicht genau, was er für mich geplant hat, aber ich weiß, dass es damit anfängt, dort weiterzumachen, wo wir aufgehört haben.

Ich versuche mich dazu zu bringen, einen Witz zu machen, das Geplänkel aufrechtzuerhalten, aber die Worte bleiben mir im Hals stecken. Er lacht über meine Schüchternheit und streckt die Hand aus, um mir ein Reiskorn von der Wange zu streichen.

„Du bist wirklich erstaunlich, Liebes. Keine Sorge ... Ich werde nicht beißen. Jedenfalls nicht fest." Er zwinkert und ich sehe mit heißen Wangen nach unten.

Wie kann er nur mit einem Lächeln und ein wenig Flirten

dafür sorgen, dass ich mich wieder wie ein Teenager fühle? Vielleicht war ich einfach so lange ausgehungert, dass es wie eine Fremdsprache wirkt. Es ist so lange her, dass jemand Sex mit etwas anderem als ‚Geh hoch und zieh dich aus' vorgeschlagen hat.

Der Sex selbst war immer eine Enttäuschung gewesen, aber zum ersten Mal seit Ewigkeiten mit jemandem zu flirten, der so attraktiv ist, lässt meinen Körper warm glühen. Ich lächle ihn schüchtern an und das Funkeln in seinen Augen wird stärker.

Ich will ihn. Selbst wenn es frustrierend ist, selbst wenn es ein wenig wehtut, ich will ihn in mir. „Okay", murmle ich.

„Entschuldige, wie war das?" Seine Stimme ist sanft geworden, aber er zieht mich trotzdem auf. „Du bist nicht zu schüchtern, um zu spielen, oder, Ophelia?"

Der Bissen Burrito in meinem Mund wird trocken und ich schlucke ihn mit großer Mühe. „Nein, es ist nur ... lange her." Nicht der Sex, sondern dass ich es wollte. Aber das ist deprimierend, also erkläre ich es nicht weiter.

„Na ja", schnurrt er und legt seinen Burrito auf den Tisch. „Lass uns das ändern."

Ich bringe ein winziges Nicken zustande, aber ich bin aus Nervosität halb erstarrt.

Er starrt mich für einen Moment an, dann drückt er sich aus seinem Stuhl hoch und kommt hinter mich. Seine Hand landet auf meiner Schulter.

„Komm her."

Ich stehe auf und werfe ihm einen schüchternen Blick zu, sein Lächeln wird breiter und er zieht mich in seine Arme. Ich entspanne mich ein wenig und fahre mit den Händen über seine Brust. Sein Herz schlägt noch schneller als meins. Es schockiert mich. Ich bin nicht daran gewöhnt, von jemandem gewollt zu werden, den zu wollen es wert ist.

Aber Erinnerungen an grapschende, fordernde Teenagerjungs, an grinsende Casting-Direktoren und mürrische Show-Runner, an Toby und seine unverblümten Forderungen, sie alle verlassen meinen Kopf, als Brian mich küsst. Plötzlich ist es eine wilde, neue Sache, geküsst zu werden, sie berauscht mich und lässt mich zittern.

Ich zittere vor Freude, als er mich in die Arme nimmt und zum Bett trägt, auf das er mich legt und wo er mich erneut küsst, während er sich über mich beugt. Seine Zunge bewegt sich in meinem Mund, während er ungeduldig sein Hemd aufknöpft und es auszieht. Meine Fingerspitzen fahren über die Muskeln aufn seinem Rücken und an seinen Seiten, jede Vertiefung und Wölbung, bis hinunter zu seinem Hintern, während ihn ein Zittern der Freude durchströmt.

Wir ziehen uns hastig aus, schleudern Schuhe durch die Gegend, werfen meine Bluse in die Ecke und schälen uns aus unseren Jeans, während wir den Mund des anderen verschlingen. Die ganze Zeit versuchen wir so still wie möglich zu blieben, uns immer Molly bewusst, die nur eine Tür entfernt in ihrem Bett schlummert.

Ich drehe mich um und hebe den Po, um meine Jeans auszuziehen. Er knurrt genüsslich und zieht sie mir aus, dann beugt er sich über mich und beginnt, meinen Po durch meinen Slip hindurch zu reiben und zu kneten.

„Verdammt. Du bist wunderschön", murmelt er verehrend, als seine Fingerspitzen fest in mein Fleisch drücken und Stoßwellen der Lust durch mich schießen.

Er streichelt und küsst meinen Rücken, fährt mit der Zunge über meinen Rücken, streift mich mit seinen Zähnen und hinterlässt Knutschflecken auf den Rückseiten meiner Oberschenkel, während ich mich an die Bettdecke klammere und in ein Kissen stöhne. Er öffnet meinen BH, zieht meinen Slip herunter und beginnt mit dem Mund über die nackte Haut zu fahren, während er den Rest meiner Kleidung auszieht.

Ich sehne mich nach ihm. Meine Brüste kribbeln und mein Schritt pulsiert voller Sehnsucht nach ihm.

„Dreh dich um, wenn du bereit bist", schnurrt er, seine Stimme heiser vor Verlangen. Ich blicke über meine Schulter und sehe, wie er seine Boxershorts auszieht, woraufhin seine Erektion befreit wird.

Er sucht in der Tasche seiner Jeans nach einem Kondom, reißt das Päckchen auf und zieht sich das schwarze Latex über. Er ist so erregt, dass ich sehen kann, wie seine Hände zittern und seine Erektion zusammen mit seinem Herzschlag ein wenig vibriert.

Ich bringe den Mut auf und drehe mich um, um mich an den Berg von Kissen am Kopfende zu lehnen. Er bückt sich über mich und küsst mich erneut, große Hände bedecken meine Brüste und streicheln sie. Er dreht meine Brustwarzen zwischen seinen Fingern, während ich mich winde und den Kopf nach hinten auf die Kissen werfe. Meine Augen fallen zu und ich merke, wie das Bett nachgibt, als er hineinklettert.

Als er seine Hände von meiner Brust nimmt und sie stattdessen mit seinem Mund umschließt, beiße ich mir auf die Lippe, um nicht aufzuschreien. Er saugt, während seine Hände mich erkunden. Ich habe Schwierigkeiten, leise zu bleiben und umklammere seinen Kopf, presse mich an ihn, begierig nach mehr Empfindungen.

Er gibt nach, zieht fester und benutzt seine Zunge. Ich zitterte, wimmere flehend, während sich mein Rücken wölbt. Er legt einen Arm um mich, um mich an sich zu ziehen und ich merke, wie seine Zähne meine Haut necken und meine Lust verstärken.

„Mehr", flüstere ich.

Er wechselt die Brust, die Spitze seiner Erektion reibt an meinem Oberschenkel, als er sich zwischen meine Beine kniet. Ich verliere das Zeitgefühl, jegliche Schüchternheit, jegliches

Zögern. Das innere meiner Oberschenkel wird feucht. Er taucht zwei Finger hinein und schiebt sie weiter hoch.

Er streicht mit seinen Fingern auf und ab, während er die Brust wechselt und noch intensivere Empfindungen auslöst, jedes Mal wenn seine Finger meine Klitoris streifen; auf und ab, seine Bewegungen werden schneller, bis er schließlich wieder nach oben kommt und dort langsame Kreisbewegungen macht.

Elektrische Funken durchfahren mich, von den Brustwarzen nach unten und nach außen zu meinem ganzen Körper. Ich habe mich in meinem ganzen Leben noch nie so gut gefühlt — oder so erregt.

„Ich will dich in mir", keuche ich heiser.

Er hebt den Kopf, die Augen so wild, dass sie blind aussehen. Dann nimmt er mich und hebt mich auf seine kräftigen Oberschenkel. Er greift seine Erektion und dringt langsam in mich ein, dehnt mich auf unbekannte Arten und ich schnappe nach Luft und muss eine Hand auf meinen Mund legen, um meine Schreie zu unterdrücken.

Schließlich ist er in mir vergraben, er küsst mich und berührt mich dann wieder mit den Fingern. Ich beginne, stärker zu zittern, in mir baut sich ein Druck auf. Ich spanne mich um ihn herum an, mein Körper kribbelt, als er mit dem Finger kreisförmige Bewegungen macht. Ich öffne den Mund für seine Zunge und stöhne dann an seinen Lippen, während sich meine Hüften reflexartig bewegen.

Ich klammere mich mit ganzer Kraft an ihn. Sein Mund presst auf meinen, als mir ein überraschter Schrei entfährt und seine Hand wird schneller. Die Intensität macht mir beinahe Angst. Etwas in mir will sich davor zurückziehen, als würde es mich vielleicht völlig überwältigen.

Aber ich gebe nicht nach. Und er hört nicht auf. Und eine Sekunde später erreicht die Lust ihren Höhepunkt, bis ich mich auf ihm winde und ihm wilde Geräusche entlocke, die ich über meinen eigenen Herzschlag kaum hören kann.

Oh ... was ist das ...

Ich erstarre, zittere, als etwas in mir explodiert und Flutwellen der Ekstase durch meinen Körper schickt. Ich zittere und schluchze in seinen Mund, während ich in der Lust ertrinke.

Als die letzte Kontraktion abebbt, hört er auf mich zu streicheln und nimmt seine Lippen von mir. „Geht es dir gut?", fragt er mit heiserer Stimme.

„Oh ...", flüstere ich. „Oh ja ... bitte hör nicht auf."

Er grinst wild. „Gut, denn ich bin noch lange nicht mit dir fertig."

11

B rian

Ich habe es seit Jahren für eine Frau nicht so lange ausgehalten. Sie zittert auf mir, schlaffe Arme um mich gelegt, die Beine immer noch mit meinen verschlungen, während ich mich so langsam bewege, wie ich mich dazu zwingen kann. Ich sehne mich danach, schneller zu werden und zum Höhepunkt zu kommen, aber ich will nicht, dass das zu Ende geht.

Sie stöhnt in mein Ohr, ihre Muskeln spannen sich wieder an, als ich sie mit dem Daumen streichle. „Hör nicht auf ...", wimmert sie, als ich immer und immer wieder Kreisbewegungen mache. Ihr Zittern wird zu rhythmischem Zucken ihrer Hüften, als sie zu keuchen beginnt; ich bereite mich vor, als sie die Augen schließt und ihr Kopf zurückfällt.

„Aah! Ah ..." Ich dämpfe sie mit meinem Mund, bevor sie schreien kann. Sie windet sich an ihr und bringt mich damit beinahe zum Höhepunkt. Ich drücke die Nägel meiner freien

Hand in meinen Oberschenkel, um mich abzulenken. Es funktioniert kaum. Ihr unterdrücktes Schreien ist Musik in meinen Ohren.

Schließlich bricht sie zusammen und rutscht ein wenig an den Kissen herunter, als ich mich wieder bewege. Sie ist so entspannt, so erschöpft, dass sie kaum die Augen offenhalten kann. Ihre Hände gleiten über meine schweißnasse Haut, fahren über die angespannten Muskeln in meinem Rücken, während ich mich an ihr reibe.

Ich presse den Atem durch meine Zähne, all meine Aufmerksamkeit auf die steigenden Empfindungen in meinem Schritt gerichtet, beginne ich mich schneller zu bewegen. Der Raum wird verschwommen, bis ich meine Augen zukneife. Ophelia windet sich unter mir, hebt ihre Hüften mit ihrer letzten Kraft an meine, während ich mich auf sie lege.

„Oh Brian", schluchzt sie und klammert sich an mich — und irgendwie ist es ihr Stöhnen der Wonne, genauso sehr wie ihre Umarmung, das mich zum Höhepunkt bringt.

Ich werfe den Kopf zurück und atme zischend durch zusammengebissene Zähne, während die ganze Welt verschwindet und ich mich entleere. *Ja*", stöhne ich, bevor ich es zurückhalten kann — und dann unterdrücke ich mein Stöhnen an ihrem Hals. Für den Bruchteil einer Sekunde ist es so intensiv, dass es beinahe schmerzhaft ist ... und dann ...

Ich kehre glückselig in das richtige Bewusstsein zurück: Ich liege in ihren Armen, den Kopf auf ihrer Schulter, während ihre Finger meinen Rücken kribbeln lassen. „Unh", stöhne ich und nehme mein Gewicht von ihr — und erinnere mich beim Herausziehen gerade noch an das Kondom, damit es nicht wegrutscht.

Sie schnappt enttäuscht nach Luft, als ich mich zurückziehe. Ich küsse sie sanft und stehe auf, um ins Bad zu gehen und das Kondom loszuwerden, wobei ich mich auf wackligen Beinen bewege. Ich schwebe nach dem stärksten Orgasmus meines Lebens auf Wolke sieben, jeder Schritt löst ein frisches Kribbeln aus. Als ich das Licht im Badezimmer einschalte, sind meine Haare zerzaust, meine Augen leicht glasig und mein Lächeln träge.

Ich werde das Gummi los, wickle es in Toilettenpapier und schiebe es tief in den Mülleimer, damit Molly es nicht sieht. Ich bin nicht bereit, Kondome, Samen oder Sex einer Sechsjährigen zu erklären. Wenigstens haben wir sie nicht geweckt.

Als ich zurückkomme, verschwindet ein Teil meiner Glückseligkeit, als ich Ophelia in Mondlicht sehe, die Decke um sich gezogen und Tränen auf den Wangen. Ich erstarre.

Oh scheiße. Was ist passiert? Was habe ich falsch gemacht?

Ich lege mich neben sie. „Hey", sage ich in ihr Ohr. Sie entspannt sich ein wenig. „Du weinst. Habe ich dir wehgetan?"

„Nein", murmelt sie schniefend. „Ich bin nur überwältigt. Ich habe mich nie ... ich meine, niemand hat sich je die Mühe gemacht ..."

„Entschuldige, was?" Verwirrt streiche ihr ihr das Haar aus dem Gesicht und küsse ihren Nacken. Sie zittert und der Duft von Sex strahlt von ihr ab. Wenn ich es nicht schon getan hätte, wäre ich jetzt über sie hergefallen.

„Sex war nicht ... so. Es war eine lästige Arbeit, es war ... etwas, das ich *für* ihn getan habe." Sie hat Schwierigkeiten, die Worte zu finden, während ich sie halte ... Und plötzlich verstehe ich, was sie sagen will.

Oh. Heilige Scheiße. Ich weiß nicht, ob ich mir ein High-five geben soll, weil ich ihr den ersten Orgasmus beschert habe oder ob ich zurück in die Wüste Nevadas gehen soll, nur um Toby erneut zu erschießen.

„Dein Mann war ein Dummkopf, ein Schwein und ein beschissener Liebhaber. Du wirst nichts davon von mir bekommen." Ich küsse ihre Schulter und sie beginnt sich zu entspannen. „Versprochen."

Wir kuscheln und dösen eine Weile, bevor sie duschen geht und bei ihrer Tochter schläft. Ich weiß, dass es daran liegt, dass Molly nicht erneut aufwacht und nach ihr ruft, aber ihre Abwesenheit nagt an mir, während ich eine Pyjamahose anziehe und mich wieder hinlege. Zuerst dusche ich nicht. Ich mag es, ihren Duft an mir zu haben.

Als ich aufwache, ist es Tag und sie schlafen immer noch. Ich stehe leise auf und nehme die Truhe aus dem hohen Regal über dem Fernseher, dann mache ich sie auf. Darin sind zwei nicht zurückverfolgbare Fünfundvierziger, zwei Boxen mit Munition und ein Wegwerf-Handy auf fünfhundert Pesos. Nach diesem seltsamen Gefühl bei der Grenzüberquerung konnte ich nicht ruhig werden, bis ich mich wieder bewaffnet hatte.

Mein Instinkt sagt mir, dass es noch nicht ganz zu Ende ist.

Mir ist nicht nach Burritos, also mache ich mich fertig und ziehe mich an, bevor ich nach unten gehe, um mir am Büffet Frühstück zu holen. Es ist ein netter Ferienort, die Art, an den Familien hingehen. Das Büffet bietet eine Mischung aus einheimischen Gerichten und der Standardverpflegung amerikanischer Touristen an. Abgesehen von meiner Größe, wirke ich nicht fehl am Platz, wie ich in Jeans umherwandere und meinen Teller fülle.

Ich bemerke ein paar Leute, die wie ich ein wenig unter denen herausstechen, die um die dutzenden keinen Tische herumsitzen. Da ist ein riesiger junger Mann, der mit einer winzigen, nett aussehenden älteren Dame brunchtet, die ihn anstrahlt, während er ihr lustige Geschichten von seinen Einsätzen erzählt. Mutter oder Großmutter, vermute ich. Da ist eine statueske, elegant angezogene Frau, die ihr Haar streng zu einem Zopf geflochten hat, der ihren halben Rücken hinunterreicht. Es ist das hellste Blond, das ich je gesehen habe.

Da ist ein kleiner, mysteriöser, ordentlicher Mann, der einen altmodischen Anzug und Brille trägt, ein Omelett isst und kein

Fleisch auf dem Teller hat. Seine Hände stecken in Handschuhen und er isst sorgfältig, Messer und Gabel bewegen sich mit chirurgischer Präzision.

Niemand sieht sonderlich bedrohlich aus ... aber ich kann spüren, wie sich die Haare in meinem Nacken erneut aufstellen. Ich belade meinen Teller mit genug Fleisch, Eiern und Obst, um zwei Bodybuilder zu füttern. Ich beabsichtige, all das später im Bett zu verbrennen. Kinder machen Mittagsschlaf, oder nicht?

Ich setze mich an einen Ecktisch und beobachte die Leute, während ich esse. Immer noch kein Anzeichen dafür, wer vielleicht meine Alarmglocken schrillen lassen könnte. Niemand sieht in meine Richtung, bis auf ein paar neugierige Blicke.

Nach der Hälfte meines Essens steht der ordentliche kleine Mann still auf und geht, da er sein vegetarisches Frühstück beendet hat.

Ich esse gerade meine Eier, als ich aufsehe und die Frau mit dem weißblonden Haar vor meinem Tisch steht. „Ist dieser Platz besetzt?", fragt sie leise.

„Ich bin mit jemandem hier", warne ich höflich, da ich keine Missverständnisse verursachen will.

Sie lächelt. „Ich will nicht Ihre Attraktivität beleidigen, aber deshalb frage ich nicht." Sie zieht eine Augenbraue hoch und deutet auf den Stuhl.

Ich nicke und schiebe ihn mit dem Fuß heraus. Sie setzt sich unauffällig hin und ich lege meine Gabel ab. „Also, was ist los?"

„Mein Name ist Carolyn Moss. Ich bin geschäftlich hier, Mr. Stone." Ihre Stimme ist ruhig und nicht bedrohlich, aber die Verwendung meines echten Namens lässt mich sofort aufmerksam werden. „Zu ihrem Glück komme ich nicht von den Cohens. Aber sie sind hier."

Ophelia. Molly. Sie sind immer noch nicht sicher. „Von wem sind Sie dann? Den Milanos?"

„Gut geraten, aber nein." Sie nimmt eine Marke aus der

Innentasche ihres taubengrauen Leinenanzugs und mir rutscht das Herz in die Hose. Sie schiebt sie herüber, ohne die Verdeckung zu heben. „Sehen Sie nach. Sie werden feststellen, dass sie echt ist."

Tue ich. Special Agent Carolyn Moss, FBI. *Scheiße.* „Sie sind weit außerhalb Ihres Zuständigkeitsbereiches", erinnere ich sie monoton und sie nickt.

„Ich bin nicht hier, um Sie festzunehmen. Ich bin nach jemand Größerem und Gemeinerem her. Sie haben Ihnen und Ihrer Begleitung einen Reiniger hinterhergeschickt. Mr. Assante." Sie sieht mir mit ihren kühlen, blauen Augen in meine, während mir das Blut aus dem Gesicht weicht. „Ich sehe, Sie haben von ihm gehört."

„Jeder, der in Vegas jemand ist, hat das." Reiniger tun mehr, als Beweise von Tatorten zu entfernen. Sie entfernen Zeugen und oft jeden Mafioso, der es so verschissen hat, dass der Reiniger überhaupt nötig ist. Mr. Assante ist momentan der beste Problemlöser der Cohens: ein mysteriöser Mann, dessen Herkunft und Aussehen beinahe jedem unbekannt sind.

„Na ja, sie wissen, dass Sie hier sind und sie kennen Ihren falschen Namen und die der kürzlich verwitweten Mrs. Whitman und ihrer Tochter. Laut der Kommunikation, die ich abgehört habe, wurde Assante Ihnen drei hinterhergeschickt." Sie sieht mich feierlich an, während ich sie anstarre, das Frühstück lang vergessen.

„Wie haben sie mich gefunden?" *Wo habe ich Mist gebaut? Habe ich überhaupt Mist gebaut? War es Ophelia oder einfach nur Pech?*

„Sie haben anscheinend den falschen Namen herausgefunden, den Sie zum Einchecken benutzt haben. Sie haben ebenfalls herausgefunden, welchen Grenzübergang Sie benutzt haben. Ich vermute, dass sie einen Computerexperten haben, um an die Informationen zu kommen. Glücklicherweise hat dieser Experte eine Spur hinterlassen, der einer meiner Kollegen gefolgt ist."

„Oh ..." *Scheiße.* „Warum warnen Sie mich?" Ich vertraue den Cops nicht. Sie schienen immer mehr daran interessiert gewesen zu sein, Menschen zu verletzen, anstatt sie zu beschützen.

„Warum ich Sie warne, wenn Sie und ich die einzigen in Reichweite sind, die diesen Mann davon abhalten können, eine unschuldige Frau und ein unschuldiges kleines Mädchen zu ermorden?" Ihr Blick ist entnervend ruhig.

„Sie können mir nicht sagen, dass Sie das nur aus Idealismus tun. Obwohl ich, glauben Sie mir, für die Vorwarnung dankbar bin." *Was zur Hölle ist ihre Absicht?*

„Nein, tue ich nicht. Ein Teil davon ist guter, alter eigennütziger Ehrgeiz." Sie trommelt mit den Fingern.

Ich entspanne mich ein wenig. *Also will sie irgendeine Art von Deal.* „Was meinen Sie?"

„Einen gewöhnlichen Auftragskiller festzunehmen, der aufhören will und seinen Hals riskiert, um zwei Zivilisten zu beschützen, ist nicht allzu interessant für mich. Eine amerikanische Mafialegende mit einer Opferzahl von mehreren hundert allerdings ..." Sie lächelt, als mir ihre Bedeutung dämmert.

„Sie wollen Assante."

„Das ist richtig." Ihre Augen funkeln über mein Staunen.

„Und Sie wollen ... was von mir? Ich kann nicht als Kronzeuge gegen ihn auftreten. Ich weiß kaum etwas über den Kerl." Ich sehe mich erneut um, mir schmerzhaft bewusst, dass ich keine Ahnung habe, wie er aussieht. Niemand weiß das. Assante hat immer nur mit dem Don selbst zu tun.

„Oh, wir haben Berge von Beweisen gegen den Mann, dank eines Partners von mir." Sie führt es nicht weiter aus. „Ich möchte ihn nur erwischen und zurück in die Staaten bringen, wo ich ihn offiziell verhaften kann."

„Also welche Rolle spiele ich? Den Köder?"

Sie lächelt mich friedlich an.

„*Fuck*", murmle ich leise. „Haben Sie irgendwelche Verstärkung?"

„Wenn ich Verstärkung hätte, würde ich Sie nicht um Hilfe bitten", erwidert sie. „Das Büro in San Diego hätte sowieso nicht viel getan, um zu helfen, wenn man bedenkt, dass all das in Mexiko geschieht."

„Was, wenn ich mich weigere?" Ich bin skeptisch ... und doch habe ich vielleicht keine andere Wahl, als mitzumachen. Assante mit Ophelia und dem süßen kleinen Mädchen in Gefahr allein gegenüberzustehen klingt nicht nach einer guten Idee.

„Dann gehen Sie das Risiko ein, dass Assante Sie erwischt, bevor ich ihn schnappen kann." Keine Erwähnung, dass sie selbst hinter mir her ist. Vielleicht weiß sie, dass es in dieser schrecklichen Abteilung nicht besser wird als Assante.

„In Ordnung. Vielleicht sollten wir uns über Assante unterhalten. Versuchen herauszufinden, wer zur Hölle er ist, bevor er zuschlagen kann." Im Hinterkopf plane ich bereits einen Notfallanruf an Jamie und seine Familie, um mein Boot so schnell wie möglich herzubringen.

Sobald Ophelia und Molly sicher an Bord sind, wird Assante einen Riesenspaß haben, uns zu erwischen. Selbst wenn er ein Boot klaut und uns folgt, ich werde ihn kommen sehen können.

„Abgesehen von seinen vielen bestätigten Morden und den dutzenden, denen er verdächtigt wird, ist das hier alles, was ich über ihn habe. Er ist Mitte fünfzig, ein Meister verschiedener Kampfkünste und zeigt mehrere diagnostische Zeichen eines Soziopathen." Ihre Stimme ist geschäftlich und ruhig, als würde sie mit einem Kollegen reden.

Sie behandelt mich nicht wie einen Kriminellen. Es ist

irgendwie erfrischend. Sie ist eine Art Querdenkerin. „Sonst noch was?"

„Er ist sehr sorgfältig und strikter Vegetarier. Außerdem scheint er Mysophobier zu sein." Sie sieht mein Gericht und neigt den Kopf. „Klingelt da was?"

Tut es ... aber ich brauche einen Moment, um zu verstehen, warum. Als ich es tue, stehe ich sofort auf. „Fuck."

„Stone. Reden Sie mit mir." Sie steht ebenfalls auf.

„Er hat an dem Tisch da drüben gesessen, hat Handschuhe beim Frühstück getragen. Er war der Einzige im Raum, der kein Fleisch auf seinem Teller hatte. Richtiges Alter, richtiges Verhalten, sah sizilianisch aus." *Bitte lass mich recht haben. Und lass mich fähig sein, diesen Mistkerl wiederzufinden.*

„Dann finden wir ihn besser, bevor er Ihr Hotelzimmer findet." Wir eilen zusammen hinaus, während meine Gedanken rasen. Ich muss zu Ophelia und Molly — und zu meinen Waffen. Es ist mir egal, ob dieser Cop die Chance bekommt, Assante lebend festzunehmen, aber er rührt dieses kleine Mädchen nicht an — oder meine Frau.

Wir rennen zu meinem Zimmer — die Tür ist unverschlossen. Es sind kleine Kratzer am Schlüsselloch, die vorher nicht dort waren. Jemand ist eingebrochen. *Oh Gott.*

Ich stoße die Tür auf. „Ophelia!"

Die Stille zerreißt mich. Aber es gibt keinen Geruch von Kordit oder Blut, und als ich in das andere Zimmer renne, finde ich es ebenfalls leer vor. Eines der Stofftiere — Mollys zerschlissener Liebling — fehlt aus der Aufreihung auf dem Bett so offensichtlich wie ein fehlender Zahn. Aber sie ist nirgends zu sehen.

Beruhige dich. Denk nach. Ich halte inne und atme tief ein. *Hat er sie entführt?*

„Stone, da ist eine Nachricht." Die Stimme von Agent Moss ertönt ruhig aus dem anderen Zimmer und ich komme zu ihr.

Es ist eine Nachricht von Ophelia. Sie ist an den Fernseher geklebt. "Mache mit Molly einen Spaziergang am Strand, wir sind in einer halben Stunde zurück' ... Scheiße. Er wird das gesehen haben."

"Wir müssen ihnen hinterher." Sie kontrolliert ihre Faustfeuerwaffe.

Ich gehe eilig zur Truhe. Es ist eine wirklich schlechte Idee, unbewaffnet auf Assante Jagd zu machen. Aber als ich sie öffne, kann ich den Inhalt nur anstarren.

Die Waffen fehlen.

"Glauben Sie, dass Assante eine Schusswaffe hat?", fragt Moss, während sie ihre eigene in den Holster steckt.

"Jetzt schon", murmle ich in atemlosem Entsetzen — dann drehe ich mich um, um durch die Tür zu rennen.

12

Ophelia

„Du lächelst viel, Mommy. Das ist schön." Molly strahlt mich an, während ich ihre Hand halte. Unsere Fußabdrücke liegen hinter uns im weichen Sand am Rand des Meers — ein Morgenspaziergang vor dem Frühstück.

Es ist immer noch ein wenig kühl, am Horizont hängt eine graue Schicht Wolken am blassblauen Himmel. Die Wellen sind durch den Wind unruhig, der mir meinen olivgrünen Rock um die Beine weht.

„Ich habe einen Grund zum Lächeln", antworte ich mit leichter Stimme. Manche der Gründe kann ich ihr erzählen: wir sind weg von ihrem Vater, wir sind sicher, niemand wird uns je wieder so verletzen. Es tut mir im Herzen weh, dass sie es in einem so jungen Alter versteht, dass ihr Vater ein schrecklicher Mensch war — jemand, vor dem man Angst haben muss.

Dann gibt es den einen großen Grund, den ich ihr nicht

erzählen kann — zumindest nicht, bis sie ein wenig älter ist. Ich habe letzte Nacht eine völlig neue Dimension von Sex kennengelernt, vom Höhepunkt bis dazu, danach gehalten zu werden. Ich konnte Brian zu diesem Zeitpunkt nicht vollständig erklären, warum ich weinte, aber jetzt verstehe ich die tiefe Traurigkeit, die mich getroffen hat, als ich erkannte, womit ich mich jahrelang an der Stelle von Liebe abgefunden habe.

„Werden wir von jetzt an bei Brian bleiben?", fragt Molly, die bei dieser Aussicht begeistert klingt. „Ich mag ihn. Er ist viel netter als Daddy."

Heilige Scheiße, Süße. „Ich möchte, dass du weißt, wenn ich gekonnt hätte, hätte ich dich genommen und Daddy schon vor langer Zeit verlassen. Brian hat geholfen." *Und ich erzähle dir auch diese ganze Geschichte erst in ein paar Jahren.*

Ich habe geholfen, meinen Mann umzubringen. Ich kann das jetzt ohne Scham denken. Ich habe geholfen, meinen Mann umzubringen, aber er war ein Monster und seine Vorgesetzten waren Monster. Und ein solcher Mann ist nicht aufzuhalten. Ein Mann, der die Mafia zur Verfügung hat, um mich zu verfolgen und zu ihm zurückzubringen, wenn ich eine Flucht versuche. *Zumindest nicht ohne eine gottverdammte Kugel aufzuhalten.*

„Also bleiben wir bei ihm? Auf der Insel?" Sie hüpft neben mir und bleibt dann stehen, um etwas im Sand zu inspizieren, das Wasser herausspritzt.

Ich bleibe mit ihr stehen. „Ich denke definitiv darüber nach. Wie auch immer, wir haben einen ganzen Monat hier, um uns zu entscheiden."

„Okay. Aber ich bin dafür, dass wir ihn behalten." Sie springt nach vorn und wieder zurück, dann geht sie in die Hocke, um in einem Loch im Sand zu bohren. „Was ist das?"

„Das ist eine Venusmuschel, Süße. Ihnen gerät Sand in die Schale hinein und sie spucken Wasser aus, um sich zu reinigen."

Ich setze mich neben sie und nehme meinen Rock in eine Hand, damit er nicht im nassen Sand landet.

„Warum leben sie im Sand, wenn sie ihn nicht in ihrer Schale wollen?" Sie neigt den Kopf und bohrt erneut in dem Loch. Ein weiterer Wasserstrahl spritzt heraus und sie zieht ihre Hand mit einem Aufschrei zurück.

„Damit die Vögel ihre Schale nicht aufbrechen und sie essen." Wie lange ist es her, dass ich einen unschuldigen Moment mit meiner Tochter hatte, in dem ich ihr einfach nur Dinge beibringe und Mutter bin? Zu lange. Ich bin wirklich froh, es wieder tun zu können.

Und nichts davon wäre ohne Brian möglich gewesen. In den ich mich verliebe, wenn das nicht schon der Fall ist. Und so wie er sich verhält ... Ich glaube, er empfindet dasselbe.

Was für ein wundervoller Morgen.

„Wir sollten bald zurückgehen und unsere Burritos essen", setze ich an, als ich einen Ruf hinter uns höre.

Ich drehe mich in der Hoffnung um, dass es Brian ist. Aber es ist ein älterer Mann, den ich nicht erkenne und der energisch über den Strand auf uns zugeht, mit etwas in der Hand, das schlaff und violett ist. Er hat dunkles, grau werdendes Haar und trägt Brille und Handschuhe. Er lächelt sanft, als er das Objekt hochhält.

„Hallo!", ruft er, als er näherkommt. „Es tut mir sehr leid, aber Ihre Tochter scheint das hier fallengelassen zu haben."

„Mein Bär!" Molly richtet sich auf und strahlt — dann rennt sie mit ausgestreckten Händen auf den Mann zu. „Oh, danke! Ich habe ihn wohl vergessen."

Moment.

Vielleicht ist es die Zeit, die ich mit Brian verbracht habe. Vielleicht ist es, dass ich jahrelang mit der Mafia verheiratet war. Aber meine natürliche Vorsicht schaltet sich ein — und ich greife den Arm meiner Tochter eine Sekunde, bevor mir der

Grund einfällt: Sie hat den Bären nicht mitgenommen, als wir das Hotelzimmer verlassen haben. Wie und warum hat er ihn überhaupt?

Sie bleibt stehen und blinzelt mich an. „Aber Mommy, mein Bär!"

„Es ist okay, Liebling. Gib mir nur eine Sekunde." Ich sehe zu dem Mann auf, dessen Augen hinter der Brille ein warmes Schokoladenbraun haben ... nur dass sein Lächeln sie nicht ganz erreicht. „Wer sind Sie?"

Er seufzt verzweifelt und wirft den Bär in den Sand. Ich sehe die Pistole in seiner Hand, woraufhin mir das Blut in den Adern gefriert.

„Mein Name ist Assante. Sie werden nicht von mir gehört haben. Ihre Verbindung zu meinem Arbeitgeber ist schließlich gänzlich zufällig."

Er ist von den Cohens. Oh Gott. Brian ... wo bist du? Du hast gesagt, du würdest uns beschützen!

„Sie sind im Blickfeld des Resorts. Es wird Zeugen geben. Sie können nicht einfach ..." Ich erstarre, als er seine freie Hand gebieterisch hebt.

„Ich nehme an, dass es die geben wird, aber bis es jemand schafft, nah genug zu kommen, um uns zu identifizieren, werde ich weg sein. Glauben Sie mir, junge Dame, ich mache diesen Job länger, als Sie leben." Sein Lächeln zuckt leicht, was in mir eine Welle des Entsetzens und der Übelkeit auslöst.

Ich schiebe Molly hinter mich und sehe mich hektisch um. Keine Deckung. Wir könnten ins Wasser rennen, aber er würde uns einfach in den Rücken schießen.

„Es tut mir wirklich leid. Wenn überhaupt, dann ist Mr. Stone schuld daran. Er weiß es besser, als Zeugen zu hinterlassen." Seine Stimme ist beinahe heiter, als sein Finger in den Abzugsbügel gleitet.

„Mommy?", ruft mein Baby ängstlich. Ich umarme sie fest

und bedecke ihre Augen mit meiner Hand, während ich versuche, sie mit meinem Körper abzuschirmen. Wir können nicht fliehen und nichts tun, als zu beten, dass es schnell geht.

Aber bevor Assante den Abzug drücken kann, höre ich ein entrüstetes Brüllen, das von einem wütenden Bullen hätte kommen können. Der Mann mit der Waffe dreht den Kopf — und seine Augen werden vor Sorge ein wenig größer, bevor er sich schnell umdreht und stattdessen auf einen wütenden und rennenden Brian zielt.

„Molly, runter!", schreie ich, als ich nach vorne springe und den Arm des Mannes mit der Waffe zur Seite schiebe. Ein Schuss löst sich. Brian stöhnt vor Schmerzen auf und hält seine Seite, gerät aber nicht einmal aus dem Tritt.

Der Mann dreht sich um, um mich mit überraschender Kraft zu ohrfeigen, wodurch ich sofort in den Sand falle. Ich lande mit klingelnden Ohren neben Molly, aber bevor er seine Aufmerksamkeit auf Brian richten kann, ertönt ein markerschütternder Aufprall und ein schmerzvolles Stöhnen. Die Pistole fliegt an mir vorbei und landet mit einem Plopp auf dem Boden.

Ich hebe den Kopf, um zu sehen, wie Brian dem Mann gegenüber Angriffsposition einnimmt, dessen Augen zu belustigten Schlitzen werden. „Du blutest", bemerkt er, als Brian eine blutige Faust von seiner Seite löst.

„Ja, tue ich", knurrt Brian, das Gesicht weiß vor Wut. „Ich werde dir trotzdem in den Arsch treten."

Ich sehe den Hügel hinauf zum Resort, wo ein paar Leute sind, aber bis auf eine laufen alle vor der Konfrontation weg, nicht hin. Die Einzige, die es nicht tut — eine elegant aussehende Frau mit hellblondem Zopf — rennt mit einer Pistole in der Hand direkt auf uns zu.

„Ich weiß nicht, wie du planst, das zu tun", antwortet der

Mann, als er eine weitere Waffe unter seiner Anzugjacke herausholt. „Da ich bewaffnet bin und du nicht ..."

Ich habe noch nie gesehen, wie sich jemand von Brians Größe so schnell bewegt hat. Ich sehe nur, wie er sich dreht, während er das Bein hebt — und dann gibt es einen Knall und die zweite Waffe fliegt durch die Luft, während Assante seine eindeutig gebrochene Hand hält.

„So, Arschloch", knurrt Brian und stürzt auf den Mann zu.

13

Brian

ICH BIN in meinem ganzen gottverdammten Leben noch nie so schnell gerannt. Ich schieße hinunter zum Strand, erschrecke Passanten, scheuche Vögel in die Luft und lasse meine Muskeln und meine Lunge brennen. Der Strand ist fast verlassen. Ich erkenne Fußspuren, die am Ufer entlangführen. Zwei barfüßige — mittel und winzig — und einmal von Budapestern.

Er ist hinter ihnen her. Er ist ihnen bereits auf den Fersen. Ich ignoriere die Schmerzen und treibe mich noch stärker an.

Agent Moss folgt mir, ruft mir aber nicht hinterher, ich solle langsamer werden. Ich würde auch nicht auf sie hören, selbst wenn sie es täte. Dann sehe ich Gestalten in der Ferne — und alles geht sehr schnell.

Ich spüre die Kugel nicht, die meine Seite trifft, als Assante feuert. Ich zögere nicht für einen Moment, als er die andere Fünfundvierziger herausholt. Es gibt nichts zu tun, als weiter anzugreifen, bis Assante mich entweder umbringt oder Moss uns einholt und ihre Waffe auf ihn richtet.

„Gut gespielt. Aber ich kann euch immer noch alle drei umbringen, bevor euch irgendjemand zu Hilfe kommt." Der Mistkerl will zusätzlich zum Kampf auch noch Geplänkel.

Ich komme dem nicht nach und entfessle stattdessen eine Reihe von Schlägen bei dem Versuch, ihn von Ophelia und Molly wegzutreiben — und weg von dort, wo die Waffe gelandet ist. Ich kann nicht darauf vertrauen, dass der nasse Sand sie funktionsunfähig gemacht hat.

Jetzt, da er weiß, dass ich fähig bin, spielt er keine Spielchen mehr und bewegt sich so flüssig, dass ich nicht einen einzigen Schlag oder Tritt landen kann. Ich dränge trotzdem nach vorne, merke, wie meine Seite klebriger und feuchter wird, spüre den knarrenden Schmerz in meinen Rippen, weiß aber, dass ich ihn in der Defensive halten muss.

„Meine Güte, du gibst wirklich alles, was du hast", bemerkt er, immer noch unerträglich ruhig. „Man könnte denken, du hast an diesem Strand außer deinem eigenen Leben noch etwas zu retten."

Ich schlage schnell, um ihn auf Abstand zu halten. Er lehnt sich aus dem Weg und kommt kurz unter meine Deckung, greift meinen Arm und hält ihn fest. Ich lehne mich in seine Bewegung, bevor er den Knochen brechen kann. Seine verletzte Hand verliert den Griff und ich ramme meinen freien Ellbogen nach hinten in sein Gesicht.

Seine Brille zerbricht und er stolpert zurück, Blut sickert durch seine Finger, während er sein Gesicht hält. Ich versuche einen weiteren Schlag zu landen, aber dann reißt er die blutige Brille weg und blockt unfehlbar, selbst halb blind.

„Willst du mir sagen, dass du deinen Eid an uns wegen einer Frau, die du kaum kennst, gebrochen hast und geflohen bist?", spottet er, während er einem weiteren Schlag ausweicht. „So unprofessionell. Es gibt einen Grund dafür, dass Romantiker hoffnungslos genannt werden."

Der Blutverlust verursacht mir Schwindel — aber ich stehe immer noch auf den Füßen und er ist ebenfalls verletzt. „Du verspottest die Liebe nur, weil du sie nicht fühlen kannst, du gefühlloses Arschloch." Ich bin überrascht, als tatsächlich Wut in seinem blutenden Gesicht sichtbar wird.

„Nur ein Narr ist stolz auf seine Schwächen!" Ich weiche gerade so seinem Tritt unter meinem Kinn aus. Er treibt den Angriff voran, ganz allein auf mich konzentriert, und verwirrt mich mit der kalten Wut in seinem Gesicht. „Und jetzt hast du dein dreckiges Blut auf mir verteilt!"

Oh, richtig. Ein Mysophobier. „Du hast mich angeschossen und meckerst mich jetzt an, weil ich blute? Wirklich?" Ich kann es mir nicht leisten, über meine Schulter zu sehen, um zu erkennen, wie weit Moss über den Strand gekommen ist. Assante kämpft jetzt wirklich, die Schläge kommen schnell, hart und es ist fast unmöglich, ihnen auszuweichen.

„Widerlich. Danach werde ich Antibiotika brauchen. Aber zuerst breche ich dir den Hals." Und dann stößt er so schnell mit zwei Fingern nach mir, dass ich mich kaum rechtzeitig bewegen kann, um zu vermeiden, dass sie mich am Kehlkopf treffen.

Ich weiche aus, dann spucke ich ihm ins Gesicht.

Er stolpert zurück und wischt sich heftig über das Gesicht, sein Ziel mich zu töten für einen Moment vergessen. Und in diesem Bruchteil einer Sekunde folge ich dem Spucken mit einer Faust.

Ich treffe ihn so hart, dass die Haut an meinen Fingerknöcheln mit frischem Schmerz aufreißt. Er fliegt nach hinten in den Sand und landet dort benommen. „Du dreckiger, verlogener Schuft ...", setzt er an, eine Sekunde bevor ich ihm ins Gesicht trete und zusehe, wie ein paar seiner Zähne fliegen. Sein Hinterkopf trifft auf den Sand und er blinzelt hinauf zum

Himmel, als wäre er schockiert darüber, dass ich verzweifelter, schmutzig kämpfender Arsch ihn tatsächlich geschlagen habe.

Aber das ist die Sache mit Meisterkampfsportlern. Der Gegner, den sie fürchten, ist kein anderer Meister. Es ist irgendein verzweifelter Fremder ohne Sportsgeist, dessen Handlungen nicht vorhergesehen werden können und der nichts zu verlieren hat.

„Brian!" Ophelia ist auf den Füßen, und Gott sei Dank, sie hat die Waffe. Sie rennt zu mir, dann umarmt sie mich vorsichtig. Ich erwidere die Umarmung mit einem Arm, während sich Molly weinend an mein Bein klammert.

„Es ist okay, Ladies. Es ist vorbei. Er kann euch nicht mehr wehtun." Und wenn er es versucht, zerschmettere ich ihm den verdammten Schädel.

„Weißt du", sagt Assante leise, „andere werden kommen, sobald ich ihnen sage, wo du bist."

„Oh, wir werden nicht mehr hier sein, sobald jemand anderes kommt." Ich lächle trotz meiner Schmerzen. „Außerdem, denkst du wirklich, jemand wird versuchen wollen, den Mann zu erwischen, der *dir* den Arsch versohlt hat?"

Er hat keine Antwort darauf und wendet beleidigt den Blick ab.

Einen Moment später taucht Moss auf und richtet ihre eigene Pistole auf Assante. Ophelia blinzelt über die plötzliche Ankunft. „Wer sind Sie?"

„Carolyn Moss, FBI. Ich bin hinter diesem mordenden Bastard hier her." Sie hält die Waffe weiter auf Assante gerichtet. „Denken Sie nicht einmal daran, sich zu bewegen", sagt sie zu ihm.

„Das ... wäre unter diesen Umständen schwierig", sagt er, seufzt und hält brav still. „Aber sind Sie nicht außerhalb Ihres Zuständigkeitsbereichs?"

„Vielleicht. Aber niemand wird dir glauben, wenn du ihnen

das sagst", informiere ich Assante. Das Adrenalin beginnt nachzulassen und meine Rippen beginnen wirklich wehzutun. Ich wende mich der Agentin zu. „Haben Sie Handschellen?"

„Nope", erwidert sie mit überraschender Belustigung. Sie reicht mir ihre Waffe. „Halten Sie die auf ihn gerichtet. Ich habe etwas Besseres."

Als sie eine Rolle Klebeband hervorholt, werden Assantes Augen groß vor Empörung. Ich grinse, während ich die zitternde Ophelia an mich drücke.

„Machen Sie eine Klebebandmumie!", verlangt Molly hinter meinem Bein. „Er hat meinen Bären entführt und allen Angst gemacht!"

„Also das ist einfach übertrieben ...", protestiert Assante. „Mein Anzug ..."

Mit breitem Grinsen reißt Agent Moss das erste Stück Klebeband ab. „Ich werde mein Bestes tun", verspricht sie Molly.

Dann klebt sie das Stück direkt über seinen Mund.

14

Ophelia

BRIAN KOMMT ERST am späten Nachmittag aus dem Krankenhaus. Sie können nicht viel gegen gebrochene Rippen tun, aber sie haben die Wunde an seiner Seite genäht und ihm Antibiotika und Schmerzmittel gegeben. Dadurch und durch die Schläge, die er durch Assante eingesteckt hat, hat er Schmerzen und ist ein wenig mürrisch, als wir zum Auto gehen.

Mir geht es besser, aber Molly ist total erledigt und schläft an meiner Schulter, während sie sich wie ein Baby-Koala vorn an mir festhält. Ich klammere meine Arme fest um sie, nicht bereit dazu, sie wieder loszulassen.

„Bist du wütend auf mich?", fragt er. „Ich hätte mein Versprechen fast nicht halten können."

„Nein. Die einzigen Kerle, die schuld sind, sind die Cohens und dieser Mistkerl Assante. Hat diese FBI-Agentin ihn wirklich so mit Klebeband verschnürt ins Krankenhaus gebracht? Ich kann mir nicht vorstellen, dass sie so nett ist, aber auf der anderen Seite bin ich selbst bereit, diesen Mistkerl dafür umzubringen, dass er eine Waffe auf meine Tochter gerichtet hat."

„Er ist laut der Polizisten, die mit mir geredet haben, nie im Krankenhaus angekommen. Sie wissen nichts von Agent Moss, was vermutlich gut ist." Er setzt sich auf die Fahrerseite und stöhnt leise wegen der Schmerzen in seiner Seite.

„Du denkst nicht, dass er sie getötet hat und geflohen ist?", frage ich.

Er lacht. „Nein. Ich denke, er fährt im Kofferraum ihres Mietwagens zurück nach Amerika."

Ich erinnere mich an den Ausdruck der Empörung auf Assantes Gesicht, als Agent Moss ihm den blutigen Mund zugeklebt hat. „Hätte keinem netteren Kerl passieren können."

„Ich weiß nicht, was wir getan hätten, wenn sie nicht aufgetaucht wäre", gibt Brian zu, während ich Molly auf die Rückbank setze und anschnalle. „Wirkt komisch. Fast, als hätte sie jemand anderes als das FBI geschickt."

„Ich denke, du verkaufst dich unter Wert. Sie hat nur die Warnung gegeben. Du hast den Mann allein niedergestreckt. Aber es *ist* ein wenig seltsam. Hast du irgendwelche geheimen Agentenfreunde?", frage ich, als ich Mollys Tür schließe und auf meinen Platz rutsche.

„Nicht, dass ich wüsste. Aber ihre Hilfe war ... wesentlich. Und wenn ich nicht wüsste, dass es vermutlich alles nur Zufall war, würde ich glauben, dass sie dafür geschickt wurde."

„Fast genug, um dich deine Gefühle überdenken zu lassen, dass alle Polizisten Mistkerle sind, hm?" Ich schnalle mich an.

Er lacht und nickt, während er den Motor startet. „Wie auch immer, ich schulde ihr was. Ich hoffe, ihr Stern steigt schnell auf, wenn sie dieses Arschloch abliefert."

„Ich auch. Aber wie auch immer, genug davon. Ich bin am Verhungern und meine Füße tun weh. Gehen wir zurück ins

Hotel. Du sagst, dein Freund Jamie und seine Familie treffen sich mit uns zum Abendessen?"

„Ja. Sie bringen mein Boot. Wir können auf dem Deck ein Barbecue machen. Seine Töchter sind in Mollys Alter. Denkst du, sie hat Lust dazu?" Er klingt besorgt und ich lächle.

„Sie wird in Ordnung kommen, sobald ich sie gewaschen und ihren Bären genäht habe. Sie ist ein zähes Kind. Vielleicht zäher als ich."

Molly öffnet ein Auge. „Es tut besser niemand mehr meinem Bären weh."

„Nein, das tun sie besser nicht, ansonsten verprügle ich sie ebenfalls. Versprochen." Brian scheint so verblüfft zu sein wie ich, wie belastbar Molly ist. Wir werden sie nach dieser Sache natürlich beobachten müssen. All dieses Unglück muss seine Spuren hinterlassen. Aber trotzdem denke ich, dass sie klarkommen wird.

„Gut. Du kannst Bösewichte verprügeln wie Batman", sagt Molly.

Er lacht, anscheinend nicht allzu gestört durch den Vergleich. „Ich bin nicht reich genug, um Batman zu sein. Aber ich werde es versuchen."

„Also wann gehen wir auf die Insel?" Molly beendet ihre Frage mit einem Gähnen und blinzelt langsam. „Ich will dorthin."

Brian und ich tauschen einen warmen Blick aus. Er möchte mich bei ihm auf der Insel haben, für immer. Molly auch. Ich habe gemischte Gefühle. Molly wird Schuldbildung brauchen und ich bin nicht sicher, ob ich all das allein tun kann. Aber für den Moment ... klingt eine idyllische Zuflucht im warmen Pazifik beinahe perfekt.

„Wir können nicht einziehen, bevor das Haus gebaut ist", sagt Brian nachdrücklich. „Deshalb der Monat. Aber wir können es dieses Wochenende besuchen, wenn du magst."

„Wir fahren mit einem Boot? Yay!" Sie hüpft begeistert auf ihrem Sitz unter dem Anschnallgurt.

„Ja." Brian lächelt, während er sich auf die Straße konzentriert. „Und dann auch noch eine geheime Insel. Das wird klasse."

„Kann ich all meine Stofftiere mitbringen?" Natürlich, die wichtigste Frage meiner süßen Tochter. Und ihr Fragen macht es noch deutlicher: sie wird klarkommen.

Und solange wir drei zusammen sind ... werde ich das auch.

Ich lächle, als wir uns auf den Weg zurück zum Hotel machen, um uns verdientermaßen auszuruhen. Es wird vielleicht ein wenig dauern, bis Brian so weit geheilt ist, um mich wieder zu lieben ... aber das ist in Ordnung.

Dank ihm haben wir mehr als genug Zeit.

ENDE.

EPILOG

Carolyn

„Also, Sie werden Stone hinterhergeschickt, verfolgen ihn nach San Diego und kommen dann stattdessen mit Geraldo Assante zurück?" Daniels klingt völlig verblüfft. „Er ist im Moment tatsächlich unter Bewachung im Gefängnis? Wie zur Hölle haben Sie das geschafft?"

„Ich habe herausgefunden, dass Stone versucht hat, sich abzusetzen. Die Cohens nutzen Assante üblicherweise, um Auftragskiller zu bestrafen, die abhandenkommen, also habe ich mich für den Mann entschieden, gegen den wir einen wesentlich aussichtsreicheren Fall haben, als es darum ging, sich zu entscheiden, wer verfolgt werden soll." Es steckt so viel mehr dahinter, aber Daniels muss nicht all die Details kennen.

Die sind Prometheus vorbehalten.

„Wir versuchen seit fünfzehn Jahren, diesen Mistkerl zu erwischen und Sie stolpern im Einsatz zufällig über ihn.

Verdammt nochmal." Er lehnt sich auf seinem Schreibtischstuhl zurück und lacht ungläubig.

Ich halte mein Lächeln erstarrt auf meinem Gesicht, meine Fäuste spannen sich hinter meinem Rücken an und lösen sich wieder. „Chancen wie diese klopfen nicht sehr oft an, Sir."

„Nein. Ich vermute, das tun sie nicht." Er beäugt mich mit einem Anflug von Argwohn. „Trotzdem ... Sie hatten in letzter Zeit fürchterlich viel Glück."

„Glück kommt mit guten Hinweisen, Sir. Der Rest war harte Arbeit." Er muss nicht wissen, dass neunzig Prozent meiner ‚guten Hinweise' nicht von ihm kommen.

„Na ja, ich kann nicht behaupten, dass Sie nicht hart arbeiten." Er klingt neidisch. Daniels' Rückkehr zur Arbeit steht unter sehr großen Vorbehalten, wenn die Gerüchte stimmen, aber trotzdem sitzt er hier an seinem Tisch und tut so, als wäre nichts passiert.

Ich kenne die Wahrheit. Deine Frau ist weg, dein Ruf geht mit gewaltiger Geschwindigkeit den Bach hinunter, dein Job ist gefährdet und die weibliche Agentin, die du mit einer Reihe unmöglicher Jobs versucht hast zu bestrafen, leistet stattdessen perfekte Arbeit.

Daniels' Stern sinkt, während meiner aufsteigt, und ich weiß, wem ich für beides zu danken habe.

Aber die Frage bleibt: Warum hilft Prometheus mir?

„Assante behauptet, Sie hätten ihn nach Mexiko verfolgt, ihn entführt und im Kofferraum Ihres Autos wie ein verdammter Mafioso zurück in die Staaten geschmuggelt." Er macht Notizen, während wir reden. „Dafür gibt es keine Beweise, auch wenn er verletzt war. Haben Sie irgendetwas dazu zu sagen?"

„Ich denke, Geraldo Assante wird alles sagen, um zu versuchen, dass sein Fall fallengelassen wird."

Ich denke ebenfalls, dass es einmalig befriedigend war, ihn mit Klebeband zu fesseln und in meinen Kofferraum zu stecken.

Genau wie all die Umwege über steinige, gewundene mexikanische Nebenstraßen auf dem Weg nach Hause.

„Na ja, wir haben dutzende Zeugen gegen ihn. Wir brauchen wirklich keine weiteren Aussagen. Selbst wenn diese Festnahme abgewiesen wird, können wir umdrehen und ihn wegen fünfzig anderer Dinge erneut festnehmen." Er schnieft. „Ich würde Ihnen eine Empfehlung schreiben, aber ich will nicht, dass Ihnen die Dinge zu Kopf steigen."

Sie mich auch. Aber ich bekomme trotzdem die Anerkennung für die Festnahme. „Ist das alles, Sir?", frage ich beinahe sanft.

Er grunzt und wedelt mit einer Hand. „Ja, Zeit, mit Nummer vier auf Ihrer Liste weiterzumachen. Ich werde die Akte und die Flugtickets nach Detroit bis morgen früh an Sie schicken. Der Flug geht an diesem Nachmittag." Er wedelt erneut mit der Hand, als würde er einen Diener wegschicken. „Abmarsch."

„Ja, Sir", antworte ich, als ich mich zum Gehen wende und gegen den Drang zu lachen ankämpfe.

In meinem Auto sehe ich mich um, dann hole ich das Handy hervor, das Prometheus mir gegeben hat und schreibe ihm.

Daniels ist zurück und wird argwöhnisch. Er schickt mich morgen zu einem weiteren Fall. Keine Empfehlung. Ich glaube, er versucht herauszufinden, wie er die Anerkennung für meine Festnahme einheimsen kann.

Die Antwort kommt innerhalb weniger Minuten.

Das wird schwierig werden. Interessant, dass er jegliche ernsthafte Disziplinarverfahren meiden konnte. Er muss Beziehungen im Bureau haben, denen ich mir nicht bewusst bin.

„Oder höllisches Glück", grummle ich. Aber das ist in Ordnung. Ich kann mir mein eigenes Glück erschaffen — besonders mit der richtigen Hilfe.

Ich wollte Ihnen danken. Sie haben mir sehr geholfen.

Seine Antwort überrascht mich.

Ich habe nur die Informationen geliefert. Sie haben sich entschieden, mir zuzuhören und zu reagieren. Ich bin froh, Sie gefunden zu haben. Es ist selten, jemanden zu finden, dessen Moral zu seinen Ambitionen passt.

Ruhen Sie sich aus, Carolyn. Ich werde Sie kontaktieren, wenn Sie nach Detroit kommen.

„Woher weiß er, dass ich nach ...", beginne ich, aber es hat keinen Sinn, ihn zu fragen. Ich weiß, dass Prometheus so wie bei vielen anderen Dingen seine Geheimnisse nicht verrät.

Aber eines Tages werde ich ihn finden und Antworten von ihm bekommen. Ich weiß nicht, wie dieses Treffen sein wird, aber ich weiß bereits, dass ich nicht aufhören werde, bis ich ihn finde.

ENDE.

©Copyright 2020 Jessica F. Verlag - Alle Rechte vorbehalten.
Das Werk, einschließlich aller seiner Teile, ist urheberrechtlich geschützt. Jede Verwertung ist ohne Zustimmung des Verlages und des Autors unzulässig. Dies gilt insbesondere für die elektronische oder sonstige Vervielfältigung. Alle Rechte vorbehalten.
Der Autor behält alle Rechte, die nicht an den Verlag übertragen wurden.

❀ Erstellt mit Vellum

www.ingramcontent.com/pod-product-compliance
Lightning Source LLC
LaVergne TN
LVHW031604060526
838200LV00055B/4483